Trügerischer Wonnemonat

Kriminalroman

Christa Glang

Buchbeschreibung:

„Er lag tot in der Küche. Ermordet! Der Totengräber ist der Mörder!" Die Kommissarin Andrea Hellier aus Braake/Aue hört aus der Menschenmenge heraus diese Sätze. Sie wird aufmerksam. Die Erzählenden entdeckt sie in dem Gewühl nicht. Kurze Zeit später wird ein Farbbeutel geworfen. Ein Schrei! Der Seiltänzer ist getroffen! Sie und ihr Lieblingskollege Holger Meiners ermitteln in alle Richtungen, da bei ihrer Arbeit Beweisstücke auftauchen, die auf unterschiedliche Verbrechen hinweisen. Schaffen sie es das Knäuel, das sich vor ihnen auftut, zu entwirren? Ja, der Wonnemonat hat es in sich - er erweist sich als trügerisch.

Über den Autor:

Christa Glang lebt mit ihrem Mann in einer Kleinstadt in der Nähe von Hamburg. Sie schreibt voller Begeisterung Geschichten für Erwachsene und Kinder. Sie ist Mitglied beim BVjA und im Selfpublisher-Verband.

Veröffentlichungen:
„Quark im Schaufenster und vieles mehr" 2021
„Oh, das Kälbchen ist orange" 2022
„Die grüne Perücke" 2022
„ 3 Graffiti" 2024

Veröffentlichungen in Anthologien in den Jahren
2018, 2020, 2022, 2023

Trügerischer Wonnemonat

Kriminalroman

Christa Glang

Impressum:

1 Auflage 2025
© Christa Glang - alle Rechte vorbehalten
Verlag:
BoD · Books on Demand GmbH,
In de Tarpen 42, 22848 Norderstedt,
bod@bod.de
Druck: Libri Plureos GmbH, Friedensallee 273,
22763 Hamburg

Cover: Norbert und Christa Glang mit easy Cover
Foto: Norbert Glang
Personen und Handlungen dieses Romans sind frei
erfunden. Jede Ähnlichkeit mit einer lebenden oder
verstorbenen Person ist zufällig.

Bibliografische Informationen der Deutschen Nationalbibliothek: Die Deutsche Nationalbibliothek ver-
zeichnet diese Publikation in der Deutschen Natio-
nalbibliografie; detaillierte bibliografische Daten sind
im Internet über dnb.dnb.de abrufbar.

ISBN: 978-3-7693-7840-5

Prolog

Keine Menschenseele ist zu dieser nächtlichen Stunde unterwegs. Er bringt sie bis zur Haustür.

„Tschüs". Sie dreht sich um und holt den Haustür-schlüssel aus der Handtasche.

„Komm, lass uns einen Schluck Rotwein trinken und über unsere Zukunft sprechen", bittet er sie mit ein-schmeichelnder Stimme.

„Es gibt keine gemeinsamen Pläne mehr!"

Sie öffnet die Haustür und betritt den Flur.

Den Schrei hört kein Mensch - der Tod beeilte sich.

Am nächsten Morgen wird die Leiche gefunden.

Durch Blaulicht und Martinshorn angelockt versam-meln sich immer mehr Menschen vor dem Gebäude.

Voller Neugier warten sie auf das, was sich ereignet.

Ein Mann verlässt, begleitet von Polizeibeamten, das Haus.

„Das ist doch ...

Aus dem Gemurmel heraus formen sich die ersten Sätze in dieser Runde. Verdächtigungen werden ausgesprochen. Der Täter steht bei einigen Zuschauern bereits fest.

„Oh, Scheiße", flucht Andrea, als sie den Auflauf sieht.

„Die Gerüchteküche fängt an zu brodeln", setzt sie hinterher.

Holger nickt.

Kapitel 1

Ein Sonnenstrahl schlängelt sich durch die Zweige der Buche und fällt auf den großen blauen Luftballon mit dem roten Auto. Sehnsuchtsvoll blickt der kleine Junge zu dem Ballon hin und zerrt am Arm der Mutter. Sie wird aufmerksam und beugt sich zu ihm hinunter.

„Ja, Samuel, was möchtest Du?"

Er zeigt auf seinen Wunsch.

Der Verkäufer zieht ihn herunter und drückt das Band dem Jungen in die Hand. Er hält sein Geschenk fest und strahlt übers ganze Gesicht. Seine Mutter holt das Portemonnaie aus der Handtasche, um seinen Wunsch zu bezahlen. Achtlos steckt sie die Geldbörse wieder ein. Wurde sie dabei beobachtet?

Immer mehr Menschen strömen in die Innenstadt. Mitten zwischen ihnen die Stelzenläufer in ihren blauen und roten, mit Gold verzierten, Kostümen, die anmuten, als wenn sie einem anderen Jahrhundert entsprungen wären. Die weißen Perücken auf ihren Köpfen heben sich gegen den blauen Himmel ab. Sie bewegen sich in Richtung Schlossgarten zur Grünfläche, die vor dem Schlossteich liegt.

Die Kommissarin Andrea Hellier spaziert mit der Menschenmenge. Sie hat die Frau mit dem Kind im Auge, sowie den jungen Mann, der immer näher zu ihr aufrückt.

Taschendiebe sind in der Stadt, schießt es Andrea durch den Kopf. Wir hatten so lange keine. Scheiße! Jetzt steht er dicht hinter ihr!

Ein weiterer Mann stößt dazu. Was hat das zu bedeuten? Ein Duo, das gemeinsam stiehlt? So lenkt einer sie ab, und der andere greift in die Handtasche oder nicht?

Andrea wird abgelenkt durch Stimmfetzen, die an ihr Ohr dringen. Ihr Blick streift durch die Menschenmenge. Aus welcher Richtung erreicht der Satz sie?

„Er lag tot in der Küche. Ermordet!"

„Wie kommst Du darauf?"

Jetzt dreht Andrea sich nach den Stimmen um, denn sie dringen von hinten an ihr Ohr.

„Er hat doch Geld und außerdem diese lebhafte Ehefrau. Zu jung für ihn. Vom Alter her wie Vater und Tochter. Bestimmt tröstet der Totengrä ..."

„Meinst Du?"

Die Stimmen werden leise. Kaum zu verstehen.

Wer waren die beiden?, geht es Andrea durch den Kopf. Hat es einen Mord gegeben? In der Dienststelle ist keiner gemeldet worden.

Die vier Personen mit dem Luftballon sind aus ihrem Blickfeld verschwunden. Schade! Einen Taschendieb hätte sie heute gerne festgenommen.

Jemand tippt ihr von hinten auf die Schulter.

„Na, wer ist der Ermordete, der in der Küche lag?"

Andrea dreht sich um und sieht den älteren Herrn an. Er hat ein Grinsen im Gesicht.

„Hallo Herr Meyer-Roth haben Sie die Wortfetzen gehört?"

„Klar, ich halte immer Augen und Ohren offen."

„Alles für die Menschen in Braake/Aue", lobt Andrea ihn.

„Taschendiebe sind unterwegs. Ich wollte mir schon ein Megafon besorgen, um die Besucher zu warnen. Mir fiel nicht ein, wo ich so schnell eins her bekomme, da habe ich laut „Feuer" geschrien und habe ihn da vertrieben."

Erzählt er ihr mit einem Lachen in der Stimme.

„Haben Sie eins dabei?"

Seine Lachfältchen um die Augen vertiefen sich bei der nicht erst gemeinten Frage.

„Ach, wenn ich sie nicht hätte", antwortet die Kommissarin ihm.

Er lacht und verabschiedet sich von ihr.

„Tschüs Frau Hellier. Die Chefin wartet am Café auf mich."

Er entfernt sich in Richtung Rathausstraße. Dreht sich um und winkt ihr zu.

Die vier Personen, die sie vorher beobachtet hat, sind in der Masse nicht wieder aufgetaucht.

Ja, Taschendiebe sind eine Plage.

Oh, kommt der Dieb dort um die Ecke?

Kapitel 2

Die Kommissarin legt den Hörer auf. Ihr Kollege Holger Meiners betritt den Raum.

„Moin, Andrea. Na viele Taschendiebe gefangen?"

„Nein! Ich nicht! Sag mal, hast Du etwas von einem Todesfall gehört, der ein Mord sein soll?", fragt sie ihm.

Holger überlegt einen Moment, bevor er ihr antwortet:

„Nein! Wie kommst Du darauf?"

„Die Tratschstimmen waren wieder unterwegs. Wortfetzen sind gestern beim Stadtfest an mein Ohr gedrungen."

„Hast Du geträumt oder fehlt dir ein Mord?", kommt es aus seinem Mund.

„Du spinnst Holger. Herr Meyer–Roth hat die beiden Tratschtanten ebenfalls gehört", antwortet sie ihm mit leichter Verärgerung in der Stimme.

„Ach, unser Hobbyermittler war wieder unterwegs."

Holger grinst nach seiner Antwort.

„Ja, aktiv wie immer und seine Chefin ungeduldig vor dem Café mit Blick auf die Uhr."

„Kommt mir bekannt vor. Auf wen hast Du gewartet, Andrea?"

„Rate mal, Holger."

Er runzelt die Stirn.

„Keine Ahnung! Hast Du Freunde?"

Andrea sieht ein verstecktes Lachen in seinem Gesicht.

„Einen Liebhaber! Simon und ich haben uns nach Dienstende getroffen und Kaffee getrunken. Ich habe ihn durch Zufall, sich von einer Frau verabschieden gesehen, mit der er sich intensiv unterhalten hat. Er hat bei unserem Treffen nichts davon erwähnt. Ist das nicht komisch? Er ist sonst so offen."

„Andrea, das hat nichts zu bedeuten. Mach dir keine Gedanken. Du kennst ja das Lied: „ Männer sind ...""

Seine Kollegin fängt an zu lachen.

„Ward ihr abends zusammen?", fragt Holger, ihr Lieblingskollege.

„Nein, Simon hatte um 19 Uhr einen Termin und konnte nicht abschätzen, wie lange er dauert."

„An einem Sonntagabend?", meint Holger.

„Wir treffen uns heute Abend", antwortet Andrea und fragt dann:

„Sähst Du Misstrauen?", und schaut ihn bei den Worten ernst an.

„Um Gottes willen, nein", antwortet er ihr schnell.

Ja, Simon ihre alte und doch so junge Liebe. Der Mann, den sie in ihrem Indienurlaub wieder getroffen hat. Der Mann, bei dem beim Küssen Schmetterlinge in ihrem Bauch hochsteigen. Der Mann, den sie liebt, mit dem sie leben will.

All diese Gedanken und Gefühle spielen sich in ihrem Kopf ab.

„Ich ruf mal bei unseren Bestattern an und frage nach den letzten männlichen Toten, den sie beerdigt haben oder die es vor sich haben."

„Ja, mach das."

Antwortet er ihr beim Verlassen des Raums, dreht sich in der Tür zu ihr um, als sie ihn fragt:

„Hast Du schon von dem Vorfall mit dem roten Farbbeutel gehört?"

Kapitel 3

„Mama, ich will ein Eis." Quengelt der Junge, kaum dass er seinen blauen Luftballon mit dem roten Auto erhalten hat.

„Stopp!"

Die Mutter sieht sich nach der lauten energischen Stimme um. Bemerkt wie eine Hand sich schnell bewegt. Sie dreht sich jetzt um und entdeckt, wie sich der junge Mann mit den dunklen Haaren und dem schwarzen Hoodie bückt und sich nach rechts in die Menschenmenge hinein verdrückt. Ein Taschendieb schießt es ihr durch den Kopf. Mein Portemonnaie – das Geld - ist ihr nächster Gedanke. Sie öffnet ihre Handtasche und greift hinein. Gott sei Dank. Es ist vorhanden.

Erst jetzt kommt sie dazu sich den Mann anzuschauen, der sie vor dem Taschendieb gewarnt hat.

Freundliche braune Augen sehen sie an. Sie mustert ihn weiter und stellt für sich fest, dass er nett aussieht.

„Danke", dieses Wort kommt ihr leise über die Lippen.

„Ich habe den jungen Mann überhaupt nicht bemerkt. Die vielen Menschen hier."

Keine geistreiche Entschuldigung für ihre Unauf-
merksamkeit. Nur eine andere fällt ihr so schnell
nicht ein. Der Schreck sitzt ihr noch in den Gliedern.

„Ja, das habe ich bemerkt. Aus seiner Körperhaltung
habe ich entnommen, dass er es auf den Inhalt ihrer
Handtasche abgesehen hatte", antwortet ihr der
Mann mit den freundlichen Augen.

„Mama, ein Eis", quengelt der kleine Junge an ihrer
rechten Hand.

„Gleich Samuel", antwortet sie ihm.

Da schießt ihr ein Gedanke durch den Kopf, den sie
augenblicklich umsetzt. Normalerweise ist sie frem-
den Männer gegenüber zurückhaltend.

„Essen Sie Eis?"

Er zögert einen Moment, bevor er ihr antwortet.

Kapitel 4

Wo steckt Andrea? Wir haben uns doch hier um 15 Uhr an den Bronzefiguren am Marstall verabredet. Simon schaut auf seine Uhr und sieht, dass er zehn Minuten zu früh am Treffpunkt ist. Da beschließt er, in dem Gebäude die Toilette aufzusuchen. Auf den Weg von dort zurück, stößt er mit einer jüngeren blonden Frau zusammen.

„Entschuldigung", murmelt er.

„Sind Sie nicht Simon Albrecht?", fragt sie ihn.

Er schaut die jüngere Frau mit den halblangen hellblonden Haaren an. Ihr Blick ist erwartungsvoll.

Er kramt in seinem Gedächtnis. Es lässt ihn in Stich.

„Kennen wir uns?", fragt er nach einer kurzen Pause.

„Nein, aber das lässt sich ändern. Sie sind genau mein Typ Mann. Ich habe sie schon öfters gesehen, wenn ich eine ihrer Reiseinfos besucht habe."

Simon stutzt und antwortet dann freundlich und höflich:

„Ich bin in festen Händen. Freue mich, dass Sie unsere Reiseveranstaltungen und die Reisen genießen. Ich wünsche ihnen einen angenehmen Tag. Tschüs!"

„Auf bald! Aufwiedersehen!"

Bei der Verabschiedung lacht sie ihn strahlend an und umarmt ihn.
Er denkt nur: Die spinnt!

Kapitel 5

„Nachdem Simon mich entdeckt hatte, sind wir hinter den Stelzenläufern, die immer wieder in der Menschenmenge stehen geblieben waren, hinterhergegangen. Auf der Wiese, wo der Seiltänzer „Marco l'acrobate sur corde" um 16 Uhr angekündigt war, zeigten sie zu passender Musik ihre Vorführung. Anmutig anzusehen, wie sie sich zu den Rhythmen bewegten. Nach einer kurzen Pause begann der Seilakrobat mit seinen Vorbereitungen für den Auftritt. Er zog sich um und überprüfte die Seilvorrichtung. Dabei half ihm eine Frau."

„Andrea, was ist jetzt mit dem roten Farbbeutel? Du bist doch sonst nicht so umständlich mit deinen Erzählungen."

Sie schaut ihn erstaunt an. Warum ist er ungeduldig? Ärger Zuhause? Aber er hat recht mit seiner Kritik.

Andrea setzt erneut an, um weiter zu erzählen. Da läutet ihr Telefon. Sie nimmt ab. Ihr Kollege Holger bleibt in der Tür stehen.

„Kommissarin Hellier", meldet sie sich und hört zu.

„Ja, ich komme."

„Eine leblose Person liegt auf der Brücke über der Aue hinter dem großen Spielplatz. Der Rettungswagen ist angefordert worden. Kommst Du mit?"
„Klar, meinen Recherchen können warten."
Sie schnappen sich ihre Jacken und verlassen das Gebäude. Unterwegs überlegen die beiden, ob sie das Fahrrad oder den Polizeiwagen nehmen.
Sie entscheiden sich für das Auto. Andrea setzt sich hinters Steuer. Sie fahren bis zur Kreuzung und überqueren diese bis zum nächsten Parkplatz, der auf der linken Seite liegt. Zu dieser frühen Stunde sind viele Plätze frei. Sie eilen über die Asphaltfläche. Weichen einem Loch aus und nehmen den Weg am Spielplatz vorbei zur Fußgängerbrücke hin.
Hier wartet schon eine Mutter mit Kind auf sie. Der kleine Junge schaut die beiden Polizisten erwartungsvoll an und fragt:
„Wo ist eurer Polizeiwagen? Ich habe das Blaulicht nicht gesehen."
„Hallo, kleiner Mann, wir sind ohne gekommen", begrüßt Holger ihn.
Andrea wendet sich der Mutter zu.
„Ich bin nicht klein, sondern schon groß!" Antwortet er ihm prompt.
„Du hast recht! Aber warum bist Du nicht im Kindergarten?"
„Heute ist mein „Selberspieltag".
Holger kann ein Schmunzeln kaum verbergen.
„Dann spiele mal selber weiter, Fritz."

„Ich heiß nicht Fritz, sondern Samuel und das ist mein neuer Luftballon, der fliegt bis in den Himmel."

„Glaube ich nicht!"

„Doch! Er soll bei mir bleiben, deshalb habe ich ihn festgebunden, dort wo der Mann liegt und schläft."

Die Mutter hat dem Jungen ihre Befürchtung, dass es sich um einen Toten handelt, nicht mitgeteilt.

Samuel zeigt zur Brücke, zu der mittlerweile Andrea mit der Anruferin gegangen ist. Dort schwebt an einer Schnur ein blauer Luftballon.

Andrea hat auf den Weg zur leblosen Person die Personalien der Frau aufgenommen.

Jetzt steht sie vor dem „Toten" auf der Brücke. Er liegt wie schlafend vor ihr. Die Füße ausgestreckt. Der Körper in Seitenlage und die Augen geschlossen. An seiner rechten Seite stehen verschieden große Tuben mit roten, grünen, blauen und gelben Farben. Ein kleiner brauner Pinsel steht in einem Marmeladenglas.

Was haben diese Malutensilien zu bedeuten?

Eine Staffelei ist weit und breit nicht zu sehen. Ihr Blick fällt auf die Steinfläche neben ihm. Einen Malblock sieht sie nicht. Oder liegt er mit seinem Körper darauf?

Andrea zieht sich ihre Handschuhe an. Öffnet ihren schwarzen Rucksack und sucht nach einem dünnen Stück Papier. Da fällt ihr Blick auf die Packung mit den Papiertaschentüchern. Sie entnimmt ein Blatt und hält es ihm vor den Mund. Es bewegt sich leicht.

Frau Lesko, die sie die ganze Zeit beobachtet hat, dreht sich nach links um und winkt einer Mutter zu, die einem Zwillingskinderwagen, auf dem Sandweg, schiebt.

Der Mann wird, als Andrea ihn mit ihren Händen berührt, lebendig. Ein Wunder ist geschehen oder nicht?

Frau Lesko, die sich in diesem Augenblick wieder den beiden zuwendet, fängt an zu schreien, als er sich bewegt und dann eine gebeugte Sitzposition einnimmt.

Er sieht die Personen vor sich mit weitaufgerissenen Augen an. Kein Laut kommt aus seinem Mund.

Die Frau mit dem Kinderwagen hört den Schrei und schiebt in ihre Richtung.

Das ist doch ...

Andrea wartet kurz ab. Frau Lesko hat eindeutig einen Schock. Sie braucht etwas zu trinken. Keinen Alkohol, sondern Mineralwasser oder Apfelsaftschorle.

Jetzt erreicht der Kinderwagen die Brücke.

„Lass bitte den Wagen dort stehen, Simone."

Kennen die beiden Frauen sich, schießt es Andrea durch den Kopf.

Erst drückt ihre Freundin sie fest und dann wendet sie sich an Frau Lesko, die weiter unartikulierte Wörter mit schriller Stimme von sich gibt.

„Hallo Uta!"

Diese schreit jetzt leise weiter. Simone nimmt sie in den Arm. Das wirkt beruhigend. Nach kurzer Zeit wimmert sie - hört dann auf.

„Einen Schluck Wasser?", fragt Andrea Frau Lesko, die langsam zu sich kommt und die Frage mit einem Kopfnicken beantwortet.

Andrea holt aus ihrem Rucksack eine Flasche Mineralwasser mit geringem Kohlensäureanteil heraus.

Der Mann auf der Brücke sitzt jetzt aufrecht und schaut sich die Szene an.

„Ich bin beim Malen eingenickt", kommt es aus seinem Mund.

„Eingeschlafen!", wiederholt Andrea ungläubig. Mittlerweile ist Holger zu ihnen getreten.

„Ja, ich bin dabei auf den Kaugummiresten Kunstwerke zu gestalten. Beim Überlegen, wie ich den großen Fleck bemale, bin ich eingedöst. Meine letzte Nacht war kurz und feucht." Nach diesem Satz fängt er an zu lachen.

Simone drückt Uta Lesko weiter an sich. Die mittlerweile einen Schluck getrunken hat und sich jetzt beruhigt hat. Dafür klingt ein Geschrei aus dem Kinderwagen.

Simone druckt Uta Lesko ein letztes Mal fest an sich und sagt:

„Tschüs, wir telefonieren."

„Ja", kommt es leise von ihren Lippen.

Simone wendet sich jetzt Andrea zu und meint:

„Tschüs, meine Pflichten rufen. Bis bald!"

„Wir telefonieren."

Die Besatzung vom Krankenwagen kommt eilig angelaufen.

Sie nehmen ihn nach einer gründlichen Untersuchung nicht mit ins Krankenhaus, da sie keine Erkrankung feststellen können.

Der kleine Samuel ist fasziniert von den beiden Sanitätern. Mit großen Augen schaut er sie an. Wagt vor lauter Faszination kein Wort, zu ihnen zu sagen.

Frau Lesko sieht nicht mehr so blass aus, Sie hat sich von dem Schreck erholt.

Andrea schaut sich auf der Brücke die kleinen Gemälde auf den Kaugummiresten an. Zwei sind so winzig, dass sie sich tief hinunterbeugt. Eine Lupe könnte sie jetzt gebrauchen.

„Haben Sie eine Erlaubnis vom Ordnungsamt für die Verschönerung der Brücke Herr?", fragt sie ihn.

Dabei bemerkt Andrea erst jetzt, dass die Personalien des „ lebenden Toten" ihr fehlen.

Bereitwillig gibt er ihr seine persönlichen Daten.

Emil Meyer, den Namen kenne ich doch, schießt es ihr durch den Kopf.

Sind Sie nach ihrem Großvater benannt worden?

Kapitel 6

Uta ist krankhaft schreckhaft. So laut zu schreien, dass es durch den ganzen Park gellt. Simone nimmt im ersten Moment an, dass jemand ermordet wird. Bis sie bei näherem Hinschauen Andrea und ihren Kollegen erkannt hat. Mit ihrer schicken große Brille mit dem schwarzen Rahmen auf der Nase wäre es ihr nicht passiert. Peinlich ist es schon, wenn sie die Leute auf der Straße nicht mehr erkennt. Ihre Eitelkeit! Sie schmunzelt über sich selber. Dabei hat sie eine so schicke Brille. Ihr Frank liebt sie, so wie sie ist.

Früher war Uta nicht so schreckhaft, aber seit ihr Mann vor zwei Jahren tödlich verunglückte, und sie mit dem kleinen Samuel zurückgeblieben ist, hat sie sich zu ihrem Nachteil verändert. In ihrer Trauer macht sie um jede jüngere männliche Person, die sie nur anlächelt, schnell einen großen Bogen.

Ja, sie, Simone hat sich lange ihre Wunden geleckt. Bis Frank in ihr Leben getreten ist.

Auch Uta findet dieses Glück – da ist die Freundin sich sicher.

Sie Simone, hat jetzt ihre Familie.

Das Geschrei der Zwillinge hat aufgehört.

Gott sei Dank! Schieben bringt die beiden schnell

zur Ruhe.

Als sie die große verrostete Klangschale erreicht, weht ein leichter Wind über das Wasser. Ein leiser Ton steigt hoch.

Kapitel 7

„Kaugummireste, die andere Leute ausgespuckt haben, zu bemalen. Wie ekelig ist das denn?"

Holger schaut Andrea nach seiner Frage an.

Andreas Blick wird wie magisch von einem Plakat angezogen.

„Du hast recht Holger! Wie kommt man nur auf solche Ideen? Hast Du ihn schon mal im Stadtbild von Braake/ Aue gesehen?"

„Das wollte ich dich fragen. Du bist oft in der Innenstadt unterwegs. Wo ist er gemeldet? Du hast doch seine Personalien aufgenommen. "

„Herr Emil Meyer hat im Hotel Linde eingecheckt", antwortet Andrea.

Jetzt steuern beide auf das Plakat zu, das die Kommissarin im Blick hat.

GROSCHENPARTY steht in großen Lettern auf dem Plakat.

Darunter in kleineren schwarzen Buchstaben.

Kommt am Samstag vorbei. Uhrzeit egal! Du weißt, wo es ist? Wenn nicht, dann fragt eure Freunde. Wir erwarten euch!

„Was hat das zu bedeuten Holger?" Sie schaut ihn erwartungsvoll an.

„Keine Ahnung, Andrea!"

„Ob hier Drogen im Spiel sind, Holger?"

„Die Dealer kommen auf die unmöglichsten Gedanken, um ihren Stoff zu verticken", antwortet Holger ihr.

„Ich glaube, wir werfen einen Blick in die sozialen Netzwerke. Wenn wir die neuesten Trends erwischen, besteht die Chance, dort fündig zu werden."

„Die besten Ideen stammen von dir, Holger."

„Danke!"

Beide sind jetzt an ihrem Auto angekommen und steigen ein. Andrea setzt sich ans Steuer. Sie dreht den Schlüssel um und fährt los. Durch die laute Musik, die aus dem Radio schallt, vernimmt sie leise die Stimme von Holger.

„Was war mit dem Farbbeutelwurf? Mit der roten Farbe? Dem Schrei? Du wolltest mir heute Morgen davon erzählen. Wir sind unterbrochen worden."

Sie drückt auf die Taste, um die Lautstärke zu reduzieren.

„Ach diese Geschichte."

Andrea fängt an zu erzählen.

Kapitel 8

Emil Meyer überlegt, warum er in diese Situation hinein geraten ist.

Schlafend auf der Brücke angefunden zu werden, hat schon was. Mit Sicherheit nichts Positives. Dabei versucht er nur die Wette zu gewinnen, die er mit seinem Freund Philipp Albert abgeschlossen hat.

Beide haben den Zeitungsartikel gelesen, in dem von dem Mann berichtet wird, der Kunstwerke auf Kaugummireste malt.

Er hatte schon ein paar Bier getrunken, als die Idee entstand. Wenn er gewinnt, erhält er die Handynummer von Philipps Schwester.

So eine Schnapsidee! Er kennt sie nicht. Hat bis jetzt nur ein Bild von ihr gesehen und hat gemeint, dass sie ihm gefällt. Dieses strahlende Lächeln zu ihren blauen Augen mit den langen schwarzen Wimpern. Und blonde Haare - die über ihre Schulter fallen.

Ja, und jetzt hängt er hier in Braake/Aue rum und die Polizei hat seine Daten. Aber er hat gewonnen!

Die Fotos schickt er Philipp.

Warum in Braake/Aue hat er seinen Freund gefragt?

„Der Ort ist so verschlafen, dass er ein paar Kunstwerke braucht", hat dieser geantwortet.

Recht hat er. Gestern hat er nach einer Kneipe gesucht, weil im Hotel Linde nichts los war. Das stimmt nicht. Es waren keine jungen Leute an der Bar. Einige ältere Männer saßen am Stammtisch und klopften Skat.

Da ist er in so einer Raucherkneipe gelandet und hat diesen Menschen kennengelernt, mit dem er ein paar Bier getrunken hat.

Der hat vor, hier Partys aufzuziehen. Der Name dafür - Groschenparty. Seltsam! Waren Groschen nicht Zahlungsmittel mit niedrigen Wert im letzten Jahrhundert?

Einen Posten hat er ihm angeboten, wenn er frei verfügbar ist. Ist das sein Traumjob? Bei einer Kneipenbekanntschaft, die er nur über das Biertrinken kennengelernt hat. Eher nicht!

Die Visitenkarte hat er sich eingesteckt. Er greift in die Hosentasche. Hier ist sie nicht!

Kapitel 9

Andrea und Holger sind mittlerweile im Büro angekommen. Die Kommissarin setzt sich an ihren Computer, um die Adressen und Telefonnummern der Beerdigungsunternehmen herauszusuchen. In der Stadt Braake/Aue gibt es nur zwei.

Sie notiert sich die Nummern. Greift zum Hörer und wählt. Im ersten Büro bei „Braake/ Aue Bestattung" meldet sich eine weibliche Person.

Andrea begrüßt sie freundlich und schildert ihr Anliegen.

Die Antwort der Mitarbeiterin lautet:

„Rufen Sie bitte meinen Chef an. Seine Handy-nummer finden Sie auf unserer Homepage. Er ist zur Zeit beruflich unterwegs. Tschüs!"

Die hat Instruktionen, sich gegenüber Behörden bedeckt zu halten. Aber warum?

Ob ihr Chef eine Beerdigung auf dem Waldfriedhof hat? Eher unwahrscheinlich, dann würde sie es mir mitteilen.

„Hallo, Holger, ich fahr zum Friedhof."

„Jetzt? Meinst Du, dass einer von ihnen heute eine Beerdigung hat?", antwortet ihr Lieblingskollege.

„Ist keiner der beiden Bestatter auf dem Waldfried-hof, frage ich im Büro des Verwalters nach. Später drehe ich meine Runde durch die Stadt. Dort ist immer polizeiliche Präsenz wichtig und wenn es nur die Radfahrer auf der falschen Straßenseite sind, die ich ermahne."

Andrea lächelt nach dieser Antwort.

„Du hast recht. Viele haben einen Führerschein und kennen die einfachsten Verkehrsregeln nicht. Verpasse ihnen ein Bußgeld und nicht nur eine mündliche Verwarnung", antwortet Holger.

„Mach ich! Besonders den Leuten, die, wenn Wochenmarkt ist, auf dem Fahrrad durch die Fußgängerstraße fahren. Die sind nicht des Lesens mächtig. Ein Verkehrverbotsschild steht sichtbar dort", antwortet Andrea ihrem Lieblingskollegen.

„Tschüs", ruft sie ihm zu und verlässt den Raum.

Im Flur trifft sie den Kollegen Meyer von der Drogenfahndung.

„Hallo Bertil, hast Du das Plakat in der Stadt gesehen?"

„Du, Andrea, in Braake/Aue hängen Hunderte davon. Welches meinst Du?", antwortet er ihr mit einem verschmitzten Grinsen im Gesicht.

„Etwa das, was zur Sexparty einlädt. Wir ermitteln seit ein paar Tagen. Ein anstößiges Plakat, das die weibliche Person darauf verhüllt darstellt. Wir fragen uns – warum?"

Andrea sieht ihm erstaunt an.

Sein Grinsen wird immer deutlicher.

„Ach, Bertil, verarscht Du mich?", kommt es über

ihre Lippen.

„Ich habe das Plakat mit der Groschenparty gemeint."

Bertil sieht sie ungläubig an.

„Groschenparty?"

„Andrea ist das jetzt eine Retourkutsche, weil ich dich eben gefoppt habe?"

„Nein, das Plakat hängt an einer Buche auf dem Weg zum Parkplatz Kreisverwaltung, wenn Du von der Aue kommst. Der Minigolfplatz und der große Spielplatz liegen davor auf der rechten Seite. Holger sitzt am Computer und recherchiert dazu. Stecken Drogendealer dahinter?"

„Wäre mir neu. Ich telefoniere gleich, um mehr herauszubekommen, und schließe mich mit Holger kurz."

„Mach das, tschüs!"

„Auf Wiedersehen, Andrea!"

Sie verlässt das Gebäude. Das Telefon fängt in ihrer Tasche an zu klingeln.

„Andrea Hellier." Erstaunen bildet sich in ihrem Gesicht. Sie lauscht dem Gespräch weiter und legt kurze Zeit später auf.

Kapitel 10

Andrea fährt mit dem Fahrrad zum Friedhof. Die Sonne scheint. Der Mai zeigt sich von seiner sonnigen Seite. Keine Regenwolken in Sicht. Sie atmet die Luft tief in ihre Lungen ein. An einer befahrenen Straße mit Sicherheit mit Schadstoffen belastet.

Ihr fällt das Telefongespräch wieder ein. Sie war schon erstaunt über den Anruf. Damit hat sie überhaupt nicht gerechnet.

Jetzt darüber nachdenken ist der falsche Zeitpunkt.

Sie hat sich auf den Verkehr zu konzentrieren und nicht in Gedanken zu versinken, ermahnt sie sich selber.

Andrea erreicht den Fahrrad–und Fußgängertunnel, der unter den Bahnschienen hindurchführt. Vor vielen Jahren gebaut - nach einem schrecklichen Unfall mit Todesfolge.

Die Wände könnten einmal gesäubert werden! Geschmiere daran. Nicht so wie in der Petergasse! Die drei Graffiti, die dort aufgetaucht sind, das waren sinnhafte Kunstwerke! Ja, ihr letzter großer Fall!

Nach dem Tunnel fährt sie am Bahnhof vorbei.

„Hallo, Frau Kommissarin Hellier, fahren Sie zur Groschenparty?"

Ein mit Lachfalten durchzogenes älteres Gesicht lächelt sie an. Herr Meyer-Roth, ihr „Freund" sieht und hört, was in Braake/Aue los ist.

„Findet die Veranstaltung auf dem Friedhof statt?", fragt sie ihm.

„Ich glaube, da sind nachts die Geister unterwegs und nicht tagsüber. Es ist nicht von der Hand zu weisen, dass sie mit lauter Musik die Menschen erschrecken, aber dass das Groschenparty genannt wird, glaube ich nicht. Eher eine Gruselparty."

Antwortet er ihr ernsthaft. Hat wie so oft ein verschmitztes Grinsen im Gesicht.

Ein Gedanke kommt ihr. Wenn er sie darauf anspricht, dann hat er etwas gehört oder war schon dort. Ob sie ihn direkt fragt? Sie entscheidet sich dagegen.

„Wo geht es heute hin?"

„Nicht gehen, sondern mit der Bahn fahren. Meinen Mercedes beim Zahnarzt überprüfen lassen."

Bekommt die Polizistin zur Antwort.

„Ach Herr Meyer-Roth! Sind ihre neuen Zähne behandlungsbedürftig? Sie Ärmster!"

„Nein", antwortet er ihr schnell.

„Ein strahlendes Lächeln im Leben und auf der Groschenparty bleibt Ihnen erhalten."

„Stimmt, Frau Kommissarin. Da war ich früher mit der Chefin. Immer nachmittags, zur keuschen Zeit. War das ein Spaß! Den Eintritt haben wir aus der Portokasse bezahlt."

Antwortet er ihr. Sein Gesicht strahlt dabei.

„Waren damals Drogen im Spiel?", fragt Andrea den älteren Mann.

„Ja, Coca-Cola war unser Rauschmittel. Die Chefin wollte so aussehen, wie die Werbeikone von dem Getränk. Eine Schönheit mit Sexappeal, aber meine damalige Freundin hatte etwas Besonderes. Deshalb ist sie heute die Chefin, die ich liebe. Tschüs, der Zug nach Lüneburg fährt gleich ein."

„Auf Wiedersehen!"

Andrea wirft einen Blick auf ihre Uhr. Sie schaut hinter ihm her und sagt leise zu sich selber:

„Er läuft schnell zum Zug, der in sieben Minuten einläuft. Was hat er zu verbergen?"

Kapitel 11

Renate Hermann, die Mitarbeiterin der Galerie Werner hat heute frei. Es ist Montag! Sie ist auf dem Weg zur Eisdiele. Sieht keinen Menschen, weil sie, wie so oft, in Gedanken versunken ist.

Ihre Freundin, die Inhaberin des Lokals der „Rote Hahn" trifft sich heute mit ihr. Ob sie ihr von einer Veränderung in ihrem Leben erzählt? Sie wirkte gestern so anders - geheimnisvoll - am Telefon. Ob Dorle einen Freund hat?

Normalerweise sind sie alle vierzehn Tage verabredet nur diesmal eine Woche früher. Der Vorschlag kam gestern Morgen von Dorle. Das hat etwas zu bedeuten!

Es bringt Spaß, eine Freundin zu haben, der man alles erzählt, ohne dafür beurteilt zu werden. Sie, Renate, behält ihre Geheimnisse gerne für sich. Dorle ist offener, meint man.

Sie ist eine zupackende Frau, die ihr Lokal voll im Griff hat. Der Tod ihres Mannes war schon eine Tragödie für sie. Von heute auf morgen tot. Sie eine Witwe im besten Lebensalter.

Der Altersunterschied zwischen ihnen betrug mindestens fünfzehn Jahre. Er wirkte jünger. So vital und voller Lebensfreude. Dorle hat ihn morgens in der Küche gefunden. Tot! Er war kalt! Das Notarzt-team zog erfolglos ab.

Nach ihrer Trauerphase hat sie weiter für ihr Lokal gelebt. Ihre ersten Samstage im Monat mit einem „Fünf Gänge-Menü" sind der Renner. Lange vorher ausgebucht. Die Gäste kommen von weit her. Das Essen ist nicht billig. Selbst die Einheimischen buchen und genießen diese Köstlichkeiten. Hier gilt nicht ...

Hin und wieder nimmt Dorle sich eine Auszeit und hospitiert bei verschiedenen Sterneköchen. Im Laufe der Zeit hat sie Kontakte ohne Ende in diesem Metier. Beneidenswert! Sie, Renate, durfte einmal dabei sein. Ein Erlebnis, an das sie sich gerne erinnert.

Dorle hat die gastronomischen Fähigkeiten, sich selber einen Stern zu erkochen. Bis jetzt zögert sie, sich darum zu bewerben.

Mittlerweile ist Renate Hermann bei der Eisdiele angekommen. Unter der großen Platane ist ein Tisch für zwei Personen frei.

Die Sonne scheint heute Morgen. Der Tag verspricht warm zu werden. Kein Wölkchen zeigt sich am Himmel.

Der Kellner kommt an den Tisch und fragt:

„Einen Cappuccino und einen warmen Apfelstrudel mit Vanilleeis dazu? Heute allein?"

„Nein, meine Freundin kommt noch", antwortet sie ihm und schaut dann auf die Uhr. Sie ist zu früh.

„Bitte einen Cappuccino. Das Eis esse ich später, wenn Dorle hier ist."

„Gerne."

Der schlanke junge Kellner mit den schwarzen Haaren war schon im letzten Jahr hier tätig.

Nach kurzer Zeit steht ihr heißes Getränk, mit einem Herz, oben auf dem Schaum, verziert, vor ihr auf dem Tisch.

„Danke!"

Der Kellner nickt ihr mit einem Lächeln im Gesicht zu.

„Ihre Freundin habe ich gestern Abend gesehen."

Renate Hermann wird aufmerksam und fragt:

„Hat sie sich nach einem anstrengenden Tag einen Espresso bei ihnen gegönnt?"

„Nein, sie hat sich dort mit einem Mann getroffen", antwortet er ihr und zeigt dann zur Ecke vom Gemeindehaus, die von hieraus etwas verdeckt liegt.

„Kannten Sie den Mann", fragt Renate Hermann, die jetzt aufmerksam wird.

„Nein, er war zu weit entfernt und außerdem wurde es langsam dunkel."

„So spät schon?"

„Ja, wir waren dabei zu schließen", entgegnet er ihr und geht dann zum Tisch 3, um die Neuankömmlinge nach ihren Wünschen zu fragen.

Renate Hermann wirft einen Blick auf ihre Uhr. Die Kirchturmuhr hat nicht zwölf Mal geschlagen. Dorle ist bis jetzt nicht zu spät.

Ihre Gedanken schweifen, wie so oft, ab. Sie sind bei der neuen Ausstellung, die seit vierzehn Tagen eröffnet ist.

„Die sechziger Jahre und ihre Musik" hat bis jetzt viele Menschen angelockt. Es hat sich gelohnt diese Sammlung nach Braake/Aue zu holen. Selbst Besucher aus der Großstadt Berlin sehen sich die Unikate aus einer längst vergangenen Epoche an. Die sechziger Jahre des letzten Jahrhunderts.

Die Erinnerungsstücke aus dem Starclub Hamburg, der nur sieben Jahre bestanden hat. Die Beatles haben dort am 13.04.1962 gespielt. Später viele andere bekannte Musiker. Ein großer Schlüssel ist hier ausgestellt. Von der Vorder- oder Hintertür? Sie wird auf dem Ausstellungszettel nachsehen. So ein altes Stück mit einem Holzteil, an dem er hängt.

Die Glocken, die mittlerweile läuten, holen sie aus ihren Gedanken zurück.

Ihre Freundin ist nicht ihn Sicht. Wo bleibt sie nur?

Kapitel 12

Andrea besteigt wieder ihr Fahrrad und fährt die paar Meter bis zum hinteren Eingang des Friedhofs. Hier steigt sie ab, um bis zur Kapelle das Rad zu schieben. Vorne sieht sie ein schwarzes Fahrzeug stehen.

Es ist ein Leichenwagen, der hinter dem Gebäude geparkt wurde. Dort angekommen, schaut sie sich das schwarze Fahrzeug genauer an und entdeckt neben der rechten Tür die Werbung. Es ist der Bestatter, mit dem sie sprechen will. Der Wagen und Friedhofskapelle sind abgeschlossen. Sie kann ihn nur auf dem Friedhof finden.

Sie stellt ihr Rad an der roten Mauer der Kapelle ab. Ihr Fahrradschloss samt Schlüssel hat Andrea immer dabei. Ohne Fahrrad ist sie nicht aufgeschmissen, aber längst nicht so flexibel.

Es ist ihr einmal an der Polizeistation gestohlen worden. Den Täter hatte sie damals durch Zufall vom Dienstwagen aus entdeckt.

Sie durchstreift die Wege auf der Suche nach Herrn Julius Dierk, dem Bestatter. Dort hinten stehen zwei Personen und reden miteinander. Wortfetzen kommen bei ihr an.

Andrea eilt in diese Richtung, vorbei an blühenden roten Azaleen und Rhododendronbüschen, deren Knospen kurz vor der Blüte sind. Als sie näher kommt, sieht sie, dass die beiden vor einem offenen Grab stehen. Und neben ihnen eine Holzfigur.

Wird die beerdigt?, dieser Gedanke streift sie. Ist das auf dem Waldfriedhof erlaubt?

„Moin", begrüßt sie die beiden Männer.

Sie drehen sich abrupt zu ihr um. Schauen sie erstaunt an und grüßen zurück.

Der Mann in Arbeitskleidung wendet sich an sie.

„Frau Kommissarin Hellier sind sie Hellseherin? Hat das HB-Männchen Sie hierher geführt. Ist es gestohlen worden? Wir fragen uns, wer hat es hier abgestellt und warum. Es steht hier am falschen Grab."

Andrea ist leicht irritiert.

Der Mann in der dunkelblauen Latzhose mit dem rotkarierten Hemd ist der Friedhofsverwalter, den sie durch viele Gespräche kennt.

„Herr Rapport, was ist hier das Problem?"

„Frau Hellier, das ist Julius Dierk von „Braake/Aue Bestattungen."

Er stellt ihr seinen Gesprächspartner vor.

Sie begrüßt den Mann und freut sich, ihn hier anzutreffen.

Jetzt wendet sich der Friedhofsverwalter wieder an sie.

„Frau Kommissarin Hellier uns ist ein Missgeschick passiert. Wir haben das falsche Grab ausgehoben."

„Herr Rapport, das ist kein Grund, diese Tatsache bei uns zu melden."

Beide Männer fangen laut an zu lachen.

„Nein, das hatte ich nicht vor."

„Die Wut der Witwe habe ich heute schon über mich ergehen lassen. Ihr Mann gehört nicht neben der „Frau seines Bruders, der Schlampe" bestattet – O-Ton der Witwe. Die war wütend!"

Er wendet sich mit verschwörerischer Stimme an die Kommissarin.

„Dabei waren Schwager und Schwägerin einander nahe. In der Gerüchteküche brodelt es dazu! Keiner wird im Laufe seines Lebens verschont!"

„Ja, das stimmt", mischt sich der Bestatter ins Gespräch.

„Mir ist schon so manche „Tatsache" angedichtet worden."

„Ja, Julius, Du bist ein richtiger Schwerenöter. Sehen Sie sich vor, Frau Kommissarin. Er ist zu haben und doch wieder schwer zu haben",

der Friedhofsverwalter schaut beide lachend an.

Herr Rapport ändert das Thema und teilt dem Bestatter mit ernster Stimme mit:

„Bis zur Beerdigung ist diese Grabstelle wieder zugeschüttet und die andere hergerichtet."

„Danke Nils."

„Herr Julius Dierk hat die Figur am Grab entdeckt."

Andrea sieht sich ihr Gegenüber näher an und stellt fest - Herr Rapport hat recht. Der Inhaber des

Bestattungsunternehmens sieht ansprechend aus. Nicht übermäßig groß, aber schlank. Sie schätzt ihn auf 175 cm. Dem laufen mit Sicherheit die Frauen hinterher.

Nicht mein Problem oder doch? Ihr fallen die Satzfragmente ein, die sie am Sonntag gehört hatte. Ist er in etwas verwickelt?

„Warum steht das HB-Männchen hier am offenen Grab?", fragt Andrea Hellier.

„Kennen Sie nicht die Werbung?" Herr Rapport schaut sie erstaunt an.

„Nein!"

„Ich glaube, jemand hat die Witwe vor zwei Stunden toben gehört und sofort reagiert. Nur wie ist er so schnell an diese Figur gekommen?", rätselt er und spricht nach einer kurzen Pause, nachdem er auf sein Handy geschaut hat, weiter.

„Ein verpasster Anruf. Die Mailbox hat sich gemeldet. Mein Großvater hat die Werbung geliebt. Warten Sie mal! Ich glaube, bei Google gibt es Werbevideos von früher."

Herr Rapport holt sein Gerät erneut aus der Hosentasche raus und sucht nach den Videos. Er wird innerhalb von kurzer Zeit fündig und lässt die Kommissarin einen Blick darauf werfen.

Herr Dierk, der Bestattungsunternehmer, kommt näher an Andrea heran. Er sieht sich das Video mit ihr an. Ist er bewusst so dicht an sie herangerückt?

Sie nimmt seinen Geruch wahr. Ein frischer leichter angenehmer Duft steigt in ihre Nase. Ein gutaussehender Mann, der den Abstand zu einer Frau nicht einhält.

„Die sind ja witzig mit der Aussage - wer wird denn gleich in die Luft gehen", stellt Andrea fest.

„Leider Werbung für Zigaretten", setzt sie diesem Satz hinterher.

Beide Männer nicken ihr bestätigend zu.

„Ich glaube, der Inhalt diese Videos ist heute nicht mehr erlaubt", bemerkt Herr Dierk.

„Das Männchen kann hier nicht stehen bleiben. Wer jetzt damit gemeint ist erahne ich, denn die Schimpfkanonade habe ich abbekommen, und wer die Figur dort hingestellt hat, das entzieht sich im Moment meiner Kenntnis", resümiert Herr Rapport.

„Da haben Sie Recht! Am besten stellen Sie das alte Werbeteil in ihr Büro. Mit dem Fahrrad ist das Männchen nicht zu transportieren. Wenn keine Anzeige erstattet wird, hole ich die Figur ab und bringe sie ins Fundbüro."

„Klingt nach einem Plan", kommt es aus dem Mund von Herrn Rapport.

Andrea wendet sich an den Bestatter. Sie geht einen Schritt auf ihn zu. Er dreht seinen Kopf zu ihr hin. Sein Aftershave steigt ihr wieder dezent in die Nase.

„Wer wird heute bestattet?", fragt Andrea.

„Herr Wilhusen, er ist am Mittwoch verstorben. Seine Frau hat ihn in der Küche gefunden. Er war schon tot."

Die Satzfragmente von gestern stehen wieder vor ihrem inneren Auge oder ist es das Ohr. Sie verharrt kurz in Gedanken.

Da Andrea nicht sofort auf seine Antwort reagiert, sieht Herr Dierk sie leicht erstaunt an.

Sie schüttelt sich innerlich, bevor sie weiter fragt:

„Die alte Witwe ist zusammengebrochen?"

„Alt, das ist relativ. Ein paar Jahre trennen die beiden voneinander", antwortet Herr Dierk ihr.

Oh, was macht sie jetzt! Beerdigung verschieben und den Toten in die Gerichtsmedizin bringen lassen? Mit dem behandelnden Arzt sprechen?

„Wie viele Jahre ist Sie jünger", fragt Andrea.

Herr Dierk fängt an zu lachen und antwortet ihr dann.

„Sie sind aber gründlich."

Andrea lacht mit und greift zum Handy. Umgehend erfragt sie die Daten zu Herrn und Frau Wilhusen.

Die Antwort hat sie sofort auf dem Bildschirm.

Dieser Todesfall ist nicht von Interesse für sie. Ihren Toten, über dessen Ehefrau getratscht wurde, wird nicht an diesem Tag bestattet. Kommissar Zufall hilft ihr bei der Lösung des Falls. Nur nicht heute.

Kapitel 13

Andrea Helliers Freund Simon verlässt das Haus und bummelt zu seinem Auto, das er vor einer halben Stunde verlassen hat. Schon wieder ist ein Papier an der Windschutzscheibe. Die Politesse füllt scheinbar gerne Bußgeldzettel aus. Dabei steht er nicht im Halteverbot. Was soll das!
Er nimmt den Zettel in die Hand. Sieht ihn sich an. Keine Nachricht von der Kontrolleurin. Geld gespart!
Wer schreibt ihm? Er ist leicht amüsiert, aber dann kriecht wie eine Schnecke Verärgerung in ihm hoch.
Wer legt ihm gefaltete Briefchen mit Herzen darauf und den Satz „Ich liebe dich" an die Windschutz-scheibe? Die dritte Mitteilung dieser Art in den letzten vierzehn Tagen. Was kann er dagegen unternehmen? Anzeige erstatten?
Gegen unbekannt? Damit löst er mit Sicherheit das Problem nicht. Er wird jetzt aufmerksam seine Umgebung beobachten. Dabei erwischt er die verliebte Person, die es in ihrem Wahn auf ihn abgesehen hat. Dann ist die Angelegenheit erledigt. Hoffentlich entdeckt Andrea diese Zettel nicht.
Ihre Reaktion darauf ist für ihn nicht einzuschätzen.
Ist sie eifersüchtig?, fragt er sich nach kurzem Nachdenken.

Ja, kennt er sie mit all ihren Fazetten? Er liebt sie und sie ihn, da ist er sich sicher.

Andrea trägt keinen Ring. Das wäre das Geschenk für seine Freundin. Ein Versprechen für sie und ihre gemeinsame Zukunft.

Kapitel 14

Nach ihrem Friedhofsbesuch fährt Andrea ins Büro in der Innenstadt und schließt ihr Fahrrad ab.

„Hallo, Frau Kommissarin Hellier." Sie dreht sich abrupt um und wäre fast mit Leon, der mit seinen Freunden die Leiche von Herrn Müllershof entdeckt hat, zusammengestoßen. Die Jungs waren in dem Fall eine große Hilfe. Heute steht er dicht hinter ihr.

„Hallo, Leon, Du hast mich aber erschreckt!"

Er grinst und antwortet ihr:

„Entschuldigung, das wollte ich nicht. Haben Sie schon die Täterin gefangen oder dürfen wir ihnen wieder helfen?"

„Welches Verbrechen meinst Du?", fragt sie ihm leicht amüsiert.

„Na, die Typin, die den Farbbeutel mit der roten Farbe geworfen hat", antwortet er ihr mit einem ernsten Gesicht.

„Hast Du die Frau gesehen?", Andrea Hellier sieht ihn erstaunt an. Waren die Jungs dort? Sie hat die drei nicht wahrgenommen. Das hat nichts zu bedeuten. Man erfasst nicht jede Person in der Menschenmenge. Erhält sie von Leon Informationen, die sie später verwenden kann?

Eine Anzeige ist bis jetzt nicht bei der Polizei eingegangen. Der Geschädigte taucht mit Sicherheit bald im Kommissariat auf.

„Nur kurz, aber Kevin, Franz und ich sind der Meinung, dass es eine Frau war. Nur die werfen Farbbeutel aus verschmähter Liebe. Das war seine Exfreundin. Da sind wir uns sicher. Wir haben versucht sie zu verfolgen, aber die Typin war verschwunden."

„Ihr drei kennt euch im Leben und in der Liebe aus", antwortet die Kommissarin ihm mit einem kaum merklichen Lachen, das sie unterdrückt, um nicht laut loszuprusten.

„Beschreibst Du sie mir? Ich selber war zwar vor Ort, habe aber die oder den Angreifer nicht wahrgenommen."

„Das ist schwer. Auf jeden Fall war die Person kleiner als ich."

„Das ist nicht schwierig. So lang und schlaksig, wie Du bist", antwortet die Kommissarin ihm.

„Die trug einen Hoody in Dunkelblau oder Schwarz. Das ist alles, was ich in Erinnerung habe", kommt es aus seinem Mund.

„Danke Leon", antwortet Andrea ihm.

Der Teenager wendet sich ab. Da kommt die nächste Frage von der Kommissarin. Sie betrifft das Plakat, das sie beschäftigt.

„Du Leon, was hat es mit der Groschenparty auf sich?"

„Keine Ahnung! Da tauchen aus Nostalgie nur die alten Leute auf. Gab es das nicht im letzten Jahrhundert? Tschüs!"

Er nickt ihr zu und geht weiter nicht in Richtung Schule. Sein Grinsen hat Andrea gesehen. Er verschweigt etwas aber was?

Kapitel 15

Andrea Helliers Freundin Simone schiebt mit ihrem Kinderwagen durch die Stadt zu Budnikowsky. Die Zwillinge verbrauchen Windeln ohne Ende. Heute nimmt sie zwei Pakete mit. Die passen unten in die Ablage vom Zwillingswagen. Die beiden Süßen schlafen. Fragt sich nur wie lange. Simones Blick streift durch die Fußgängerzone. Kein bekanntes Gesicht ist unterwegs. Dabei ist heute doch Markttag.

Sie schiebt dicht an das Fenster vom Juwelier Hermann heran, um sich die Auslage anzusehen. Die Kette, mit den eckigen blauen Steinen gefällt ihr. Die würde zu ihrer neuen Bluse passen. Oder doch besser zum Kurzarmshirt.

Simone schaut weiter auf den Schmuck in der Auslage und überlegt, was sie sich von Frank wünscht. Ein Schmuckstück hat er ihr versprochen.

Träumt Paul? Ein leichtes Geräusch dringt aus dem Zwillingswagen. Ist der Schlaf schon beendet? Sie fängt an, den Wagen zu bewegen und ein Stück weiter zu schieben.

Ihr Blick fällt durch die Eingangstür in den Laden. Ist das nicht Simon, Andrea's Freund, der an der Kasse steht? Sie wendet den Zwillingskinderwagen. So lässt er sich leichter durch die Tür in das Schmuck-geschäft bringen. Ihre Hand erreicht den Griff der Tür. Da stellt sie fest, dass Andrea's Freund dort mit einer anderen Frau an der Kasse steht. Sie wirken vertraut. Was hat das zu bedeuten?

Kapitel 16

In der Tür vom Innenstadtbüro der Polizei hängt das Schild „Bin unterwegs". Die Kommissarin schließt die Tür nicht auf, sondern beginnt die Streife. Heute ist Markttag.

Die Beschwerden häufen sich in letzter Zeit über Radfahrer, die das Fahrverbot nicht einhalten. Sie geht ein paar Schritte in die Fußgängerzone hinein und stellt sich verdeckt, beim Gemüsestand hin, um das Treiben zu beobachten.

Die Sonne scheint. Freude erfüllt sie.

Eine Lebendigkeit ist in ihr. Hängt es mit ihrem Freund Simon zusammen? Die innere Wärme steigt hoch. Die Sehnsucht nach einem intensiven Kuss und einer liebevollen Umarmung erfüllt sie. Heute Abend sehen sie sich.

Bei seinem Anruf morgens in der Dienststelle, hat er ihr eine Überraschung angekündigt. Dabei gelacht. Dieses mitreißende Lachen, dass ihre Schmetterlinge im Inneren lebendig werden lässt.

Sie steht sich jetzt schon eine halbe Stunde die Beine in den Bauch und es passiert nichts.

Da kommt Tini der Frosch, das Maskottchen der Stadt, mit seinem Fahrrad schiebend vorbei. Er hält sich an das Fahrverbot hier in der Straße. Auf dem

Gepäckträger transportiert er ein großes Paket. Eine schnelle Bewegung neben ihm. Ein junger Mann mit E-Scooter fährt vorbei.

Andrea fällt es wie Schuppen von den Augen. Mit einem solchen Fortbewegungsmittel könnte das HB-Männchen zum Friedhof gebracht worden sein. Mit diesen Dingern sind die Fahrer schnell vor Ort und wieder weg. Sie fallen nicht auf und brauchen keinen Parkplatz. Nur wer war es und woher stammt die Figur?

Etwa von diesem Fahrer? Sie hat ihn so schnell nicht erkannt. Auf jeden Fall hat er das Fahrverbot missachtet. Sie wendet sich wieder dem Stadtmaskottchen zu.

„Hallo Tini, wo soll es hingehen?"

„Frau Kommissarin, ich habe sie nicht gesehen. Verstecken Sie sich, um die Stadtkasse zu füllen?"

Mit diesen Worten begrüßt er sie und lacht.

„Nein, ich habe hier auf Sie gewartet. Weil Sie dafür bekannt sind sich kreativ zu betätigen."

„Wofür brauchen Sie mich? Etwa zum Malen? Wenn es meine Zeit erlaubt, helfe ich Ihnen gerne. Welche Wand ist zu verzieren?"

Andrea lacht und antwortet dann:

„Nein, ich habe keine Fläche mehr frei. Haben Sie heute schon verschiedene Gegenstände mit dem Fahrrad transportiert und dabei jemanden mit einem E-Scooter beobachtet?"

„Nein, mit einer Beobachtung in dieser Richtung

kann ich ihnen nicht dienen. Es ist das erste Paket heute, womit ich unterwegs bin. Eine Fehllieferung!, Rathaus und Tageblatt was haben die gemeinsam? Oh, Sie kennen die Antwort nicht. Wir auch nicht. Das Geheimnis des Paketboten", er lacht und spricht nach einer kurzen Pause weiter.

„Die verkaufen die gelben Plastikenten fürs Entenrennen. Unser nächstes Event. Sind sie dabei und geben den Startschuss?"

„Meinen Sie, weil ich eine Dienstpistole besitze?", antwortet sie ihm und grinst ihn an.

„Ja, dann käme sie zum Einsatz. Wie oft nutzen Sie das gute Stück?", fragt er. Sein Gesicht kann sie leider nicht sehen, da er es unter einer Maske versteckt.

„Oft! Denn in Braake/Aue ist der Bär los. Das ist ihnen doch bekannt?"

„Klar, tschüs, bis bald."

„Auf Wiedersehen", antwortet Andrea Hellier ihm.

Ihr Blick folgt ihm und streift rüber zur anderen Seite an den Verkaufsständen vorbei die Fußgängerstraße entlang. Schiebt da nicht Simone mit dem Kinderwagen?

Kapitel 17

Renate Hermann hat mittlerweile ihren warmen Apfelstrudel mit Vanilleeis verzehrt. Ihre Freundin Dorle ist nicht erschienen. Normalerweise hält sie sich an Verabredungen. Warum heute nicht?

Ist ihr etwas passiert? Am Besten schaut sie am Lokal vorbei.

Frau Herman winkt den Kellner heran und als er am Tisch steht sagt sie:

„Die Rechnung bitte!"

„Gerne!"

Er eilt zum Tresen zurück und druckt diese aus.

Sie schaut ihm nach. Die schwarzen Haare versetzen sie in ihre neue Ausstellung. Er sieht aus wie einige Musiker aus den sechziger Jahren des letzten Jahrhunderts. Die dunklen Haare, die er länger trägt, erinnert sie an die Fotos, die dort an der Wand hängen.

Sie schaut hoch. Er steht jetzt vor ihr. Die Rechnung liegt auf einem silbernen Tablett.

Sie holt die Geldbörse aus der roten Handtasche.

„Hat ihre Freundin sich bei Ihnen gemeldet?", fragt er sie mit einem besorgten Blick.

„Nein, ich schaue gleich bei ihr vorbei", antwortet sie dem Kellner.

Der Kellner sagt: „Dieser Mann für Haus und Garten ist eine Zecke. Der hat sich bei ihr eingenistet. Er wohnt doch dort, der Totengräber?"

Oh, die beiden Männer lieben sich nicht, schießt es ihr durch den Kopf.

„Kennen Sie ihre Hilfe?"

„Dieser Totenträger passt nicht zu ihr und dem Lokal", kommt es aus seinem Mund.

Oh, hat er sich Chancen bei Dorle ausgerechnet? Nein das kann nicht sein, der Altersunterschied ist zu groß. Außerdem hat der Kellner sie doch gestern mit einer ihm unbekannten männlichen Person gesehen.

Nein, da geht es um etwas anderes, um eine junge Frau. Die beiden Männer haben sich in ein und dieselbe Schönheit verliebt, die nicht Dorle heißt!

Sie selber hat den Eindruck, als wenn ihre Freundin seit einiger Zeit eine Bekanntschaft hat. Nur wer ist es?

„Der Mann, der Dorle hilft, ist Totengräber, ein Friedhofsgärtner? Arbeitet er nicht bei den Sargträgern?", fragt sie.

Bis jetzt hat sie nur ältere Männer bei dieser Tätigkeit gesehen.

„Ja, ich habe ihn dort bei einer Beerdigung von meinem Großonkel beobachtet. In einer Pfütze rutschte er. Der Sarg wackelte! Der Tote blieb drin. Schade! Das hätte die traurige Stimmung aufgehellt. Für mich ist er ein Totengräber!", kommt es aus seinem Mund.

Hat sie Schadenfreude herausgehört?

„Ein fleißiger junger Mann, der sich mit mindestens drei Jobs über Wasser hält", verteidigt sie ihn.

Warum lobt sie ihn?, schießt es ihr durch den Kopf. Sie kennt ihn kaum.

Das Gesicht vom Kellner verzieht sich. Mit der Antwort hat er nicht gerechnet.

„Ist er nicht als Akrobat tätig?", fragt sie ihn.

„Keine Ahnung", kommt es aus seinem Mund.

Frau Hartmann bezahlt ohne Trinkgeld. Warum? Das ist sonst nicht ihre Art, aber sie hat sich über ihn geärgert.

„Tschüs."

Sie dreht sich um und schlendert die paar Schritte zur Gaststätte.

Sein „Tschüs" nimmt sie kaum wahr, weil ihr Blick auf Dorles Hilfskraft fällt, die eilig um die nächste Ecke biegt.

Kapitel 18

Simon Albert steht beim Juwelier und sucht ein Schmuckstück aus. Es fällt ihm schwer, das richtige Teil zu finden. Am liebsten würde er Andrea einen Ring kaufen, der ihre Verbundenheit besiegelt. Er liebt sie.

Er lässt sich von der Verkäuferin Ringe zeigen. Er sieht das Schmuckstück in der Vitrine. Platin passt zu Andrea oder lieber Weißgold? Nein, das ist genau der richtige Ring mit den kleinen Diamanten. Wertvoll, aber nicht protzig.

Welche Ringgröße hat Andrea?, schießt es ihm durch den Kopf. Er hat keine Ahnung! Ihre Finger sind auf jeden Fall schmaler als seine. Sein Blick fällt auf die Hand der Verkäuferin. Die sind zu fleischig.

Die junge Frau neben ihm sucht sich eine Kette aus. Er schaut sich Ihre Finger an. Die haben die richtige Größe. Er dreht sich zu ihr um, sieht sie an und fragt: „Welche Ringgröße haben Sie?"

„Solche Anmache habe ich bis jetzt nicht erlebt", antwortet sie ihm empört.

Simon fängt laut an zu lachen.

„Entschuldigung, dass ich so spontan gefragt habe. Die Ringgröße meiner Freundin kenne ich nicht und deshalb bitte ich Sie jetzt, mir ihre Größe zu verraten. Ich denke, der Ring würde dann passen."

Ihr Gesicht wird freundlicher.

„Meine kenne ich nicht", antwortet sie ihm und wendet sich an die Verkäuferin.

„Ob Sie bitte den Ringfinger ausmessen?"

Sie hält ihre rechte Hand über den Verkaufstresen.

„Gerne!", antwortet diese und schreitet sofort zur Tat.

Das Schmuckstück hat die richtige Größe. Zur Sicherheit probiert sie ihn an.

„Ein schlichter geschmackvoller Ring. Genau mein Geschmack. Ihre Freundin wird sich freuen."

„Danke!", antwortet Simon ihr.

Er kauft den Ring und lässt ihn einpacken.

Er verabschiedet von der jungen Frau und bedankt sich nochmals für ihre Mithilfe. Beide lachen sich dabei an.

Simon verlässt das Juweliergeschäft.

Kapitel 19

Andreas Handy klingelt. Ihr Lieblingskollege Holger ist am Telefon.

„Wo bist Du Andrea? Ich habe Hunger! Treffen wir uns zum Essen?"

„Gerne. Ich bin in der Fußgängerzone. Es ist nicht weit bis zur Brasserie. Die haben einen Mittagstisch. Da kocht der Chef selber", antwortet sie ihm.

„Ist mir bekannt, gerne! Bin gleich dort."

Er hat aufgelegt. Der hat aber Hunger!, stellt seine Kollegin fest.

Andrea geht an der Sparkasse vorbei. Hält an und schaut in ihr Portemonnaie. Das Geld reicht fürs Essen und den Einkauf für heute Abend. Zur Not hat sie ihre Kreditkarte dabei. Simon kommt vorbei. Freude steigt in ihr hoch.

Sie setzt ihren Weg fort und sieht auf der anderen Straßenseite den Seilkünstler, der gestern einen roten Farbbeutel abbekommen hat.

Die Kommissarin versucht, ihn anzusprechen, da ist er schon an ihr vorbei. Der hat es aber eilig, schießt es ihr durch den Kopf.

Fast rennt er schon die Bahnhofsstraße entlang. Einen großen Rucksack trägt er auf den Schultern.

Vor dem Lottoladen von Frau Lange steht ein E-Scooter. Sie bleibt an der Tür stehen und schaut hinein. Keine Käufer im Geschäft. Zu dieser Tageszeit nicht ungewöhnlich.

Frau Lange betritt aus dem Hinterzimmer den Verkaufsraum. Dreht ihr den Rücken zu und spricht in den Raum hinein. Andrea versteht kein Wort.

Soll sie den Laden betreten oder sofort zur Brasserie weitergehen. Sie entscheidet sich für die zweite Möglichkeit. Holger trifft dort jede Minute ein.

Zwei große Hunde kläffen sich am Ufer des kleinen Sees an. Die beiden Frauen haben Mühe, ihre Tiere zu halten.

„Typisch Weiber! Kaufen sich große Hunde und haben Mühe, damit fertig zu werden", teilt ein Mann, der vor ihr läuft, laut der Luft mit. Er dreht sich um und sieht die Kommissarin Beifall heischend an. Sie reagiert nicht.

Ein Brautpaar steht vor dem Rosenstrauch in Doras Garten. Ein Sonnenstrahl fällt durch die Blätter aufs Haar der Braut. Ein bezauberndes Paar. Ob Miriam und Philipp sich dort fotografieren lassen? Bietet sich an. Die Hochzeit der beiden steht ins Haus.

Andrea kommt am Lokal an. Von Holger ist nichts zu sehen. Das Wetter ist so sommerlich warm, sodass sie sich an einen freien Tisch auf die Terrasse setzt.

Der Blick aufs Schloss hat was. Die Fontäne ist an und sprüht Wasser in die Luft. Sonnenstrahlen verfangen sich darin und die Regenbogenfarben erstrahlen.

Andrea nimmt die Tageskarte zur Hand und entscheidet sich sofort. Ihr Lieblingsgericht! Kohlrouladen sind kein Gericht für dieses angenehme sommerliche Wetter, aber sie hat Appetit darauf.

Wo bleibt Holger? Er sollte schon längs hier sein. Sie holt ihr Handy aus der Tasche und wählt seine Nummer. Er nimmt nicht ab.

Kapitel 20

Marco Leismann, der Seilakrobat, hat sein Zimmer im „Roten Hahn" abgeschlossen.

Dorle, die Wirtin ist heute Morgen unsichtbar. Montags ist das Lokal geschlossen.

Gestern Abend hatte sie eine Verabredung. Seit einiger Zeit besitzt seine Arbeitgeberin einen Freund. Bis jetzt hat er ihn nicht gesehen. Er hat am Sonntag nur durch Zufall mitbekommen, dass sie sich verabredet hat. Auf den Namen des Mannes hat er nicht geachtet. Jedoch bemerkt, dass die beiden miteinander telefoniert haben.

Er selber hat keine Freundin. Leider! Was jetzt nicht ist, kommt in nächster Zeit. Da ist er sich sicher.

Die neue Kellnerin im Eiscafé gefällt ihm. Sie wird mit Argusaugen von ihrem Cousin, der dort ebenfalls arbeitet, bewacht.

Ob der ihn gestern mit dem Farbbeutel beworfen hat? Bei seiner Akrobatiknummer auf dem Seil traf ihm die rote Farbe. Zum Glück war er gesichert. Er brauchte einen kurzen Augenblick, bis er sich gefangen hatte.

Zuzutrauen wäre es ihm. Es ist eindeutig, dass der Italiener ihn hasst. Er ist sich keiner Schuld bewusst. Soll er den Anschlag anzeigen? Nur die Beweise, dass der Kellner der Täter ist, sind nicht vorhanden für seinen Verdacht. Egal, er zeigt den Angriff auf seine Person an. Nur nicht heute oder morgen - da ändert sich sein Leben grundlegend.

Der Farbbeutelwurf hätte ihn töten können.

Er verlässt das Haus durch die Vordertür und schließt ab und biegt um die Ecke, um in der Papeterie Braake/Aue einzukaufen. Die Einkäufe braucht er für sein neues Projekt.

Die Zeit ist vorbei, sich mit den Jobs über Wasser zu halten. Das Geld reicht für seine Bedürfnisse - das Zimmer hier im Lokal und Essen und Trinken sind frei, weil er für die Wirtin arbeitet.

Auf dem Friedhof hilft er bei Beerdigungen aus, und da hat er Dorle kennengelernt. Ihr Mann wurde beerdigt und er hat den Sarg mit getragen.

Er wurde an Julius Dierk, dem Bestatter, von seinem Bestattungsunternehmen Louis Lankau ausgeliehen, weil dort Sargträger fehlten, sodass er für diese Beerdigung keine vier Leute zusammen bekam. Dieser alte Geizknüppel Julius Dierk zahlt seinen Mitarbeiter zu wenig. Kein Wunder, dass sie gestreikt haben, und er war ungewollt der Streikbrecher.

Dorles Mann war schon alt, als er verstorben ist. Ein ziemlicher Altersunterschied zwischen den Eheleuten. Es war die „große Liebe", O-Ton der Witwe. Wer das glaubt? Die Tratschtanten nicht. Ihnen beiden wird einiges angedichtet. Zum Beispiel ...

Kapitel 21

Holger Meiners fährt mit dem Fahrrad los, um sich mit seiner Kollegin Andrea zum Mittagessen zu treffen. Im Augenblick gibt es nichts Neues im Fall, der scheinbar keiner ist.

Warum er einen kleinen Umweg fährt, kann er hinterher nicht mehr sagen. Er war höchstwahrscheinlich in Gedanken versunken. Auf jeden Fall biegt er an der Ampel Bahnhofsstraße nach links ab, anstatt geradeaus zu fahren. Er bemerkt es erst, als er an dem Commerzbankgebäude vorbei ist. Vierzig Meter vor ihm fährt eine ältere Frau, die ihre Handtasche hinten im Fahrradkorb verstaut hat.

Vor ihm ein Kreischen von Autobremsen und Hupen der nachfolgenden Autos. Sie hat die Überquerungshilfe des Stadtringes erreicht.

Er sieht einen E-Scooter, vor dem fließenden Verkehr, quer über die Straße fahren. Hinter dem Fahrrad schnappt er sich die Tasche aus dem Korb. Gibt der Frau einen Stoß. Sie stürzt. Er fährt mit hohem Tempo weiter.

Jetzt ist Holger bei der älteren Radfahrerin. Der Dieb mit dem E-Scooter ist nach links abgebogen, geradeaus am Finanzamt vorbei. Die Person ist nicht mehr zu sehen.

Die Frau stöhnt laut. Sein Telefon klingelt. Bei dem Hupen hört er es nicht.

„Ich fahre bis zur Kreuzung", ruft er der gestürzten Frau zu.

Keine Reaktion auf seinen Zuruf.

Bevor Holger die Verfolgung aufnimmt, ruft er einen Krankenwagen.

Danach rast er mit hohem Tempo hinterher.

Der Polizeibeamte kommt an der Kreuzung an. Sein Blick scannt die Straße ab. Von dem Dieb ist nichts zu sehen.

Er ist bei der ersten Gelegenheit rechts oder quer über die Fahrbahn nach links in den kleinen Weg neben der Grundschule eingebogen, vermutet Holger schnaufend. Mit Sicherheit hat er nicht den Zebrastreifen genommen.

Der Dieb ist weg!

Kommissar Meiners fährt zurück zu der Verletzten. Sie liegt auf dem Boden. Er stellt sein Fahrrad an der Laterne ab und nimmt sich die Zeit, um es abzuschließen.

Die Verletzte stöhnt. Er beugt sich zu ihr hinunter, stellt sich vor und fragt:

„Kommissar Meiners, Polizeidirektion Braake /Aue. Wo haben sie Schmerzen?"

Sie stöhnt lauter und antwortet mit leiser Stimme.

„Mein Kopf", und fasst mit der rechten Hand an die Stirn.

„Das Bein!"

Sein Blick fällt darauf. Der rechte Fuß ist verdreht.

Er ruft einen Krankenwagen. Das Fahrrad liegt auf dem Boden. Er hebt es hoch. Der Stau der Fahrzeuge auf der anderen Straßenseite hat sich aufgelöst. Holger Meiners nimmt die Personalien der Geschädigten auf.

„Zeigen Sie den Diebstahl an?"

Sie überlegt und kommt zu einer Entscheidung:

„Ja! Das Geld und die teure Handtasche von „Volker Lang", die meine Enkelin mir zum 75. Geburtstag geschenkt hat, sind weg."

Die Anzeige nimmt Holger in der Zwischenzeit auf.

Ein paar Minuten später kommt der Krankenwagen mit Blaulicht angefahren.

Die ältere Frau wird nach der Untersuchung ins Krankenhaus eingeliefert.

Holger schließt sein Fahrrad auf. Hunger macht sich bemerkbar Er fährt los, da klingelt sein Handy. Der Blick fällt aufs Display. Zwei Anrufe in Abwesenheit.

Kapitel 22

Renate Hermann kommt am Lokal „Roter Hahn" an. Sie liest das Schild an der Eingangstür.

Betriebsferien

Ihre Freundin hat ihr nicht erzählt, dass sie das Lokal schließt. Ein kurzfristiger Entschluss? Warum hat sie sich überraschenderweise mit ihr heute verabredet und ist nicht gekommen? Sie steht vor einem Rätsel.

Dorle hatte die Absicht, bei einem der Sterneköche im nächsten Monat zu hospitieren. Hat sich bei diesem vielbeschäftigten Mann kurzfristig eine Änderung ergeben?, geht es ihr durch den Kopf.

Nein, es ist nicht Dorles Art, alles Stehen und Liegen zu lassen, um sofort umzudisponieren. Sie ist ein Planungsmensch. Selbst ihr Geld verwaltet sie mit Umsicht. Nur bei einer Person lässt sie alle Vorsicht walten. Oder irrt sie sich bei ihrer Annahme?

Sie ist sich nicht sicher. Es könnte ein anderer Mann dahinter stecken?

Hoffentlich kein Heiratsschwindler.

In letzter Zeit hat sie ihr nicht alles erzählt. Der Verdacht ist ihr vor einer Woche gekommen. Sie haben sich über Darlehnsverträge unterhalten.

„Ob es Vordrucke in der Papeterie Braake/Aue gibt?", rätselte Dorle.

„An wen verleihst Du dein Geld?"

Ihre Antwort lautete:

„Es gibt bei den Banken so wenig Zinsen. Bei privaten Darlehn erhält man mindestens 2 Prozent mehr. Es lohnt sich!"

Den Namen hat sie ihr verschwiegen.

Auf jeden Fall ist das Lokal geschlossen und von ihrer Freundin keine Spur. Sie greift zum Handy, um sie anzurufen.

Wird sie weggedrückt?

Kapitel 23

Andreas Handy klingelt. Es ist ihr Kollege aus der Dienststelle.

„Andrea, wo seid ihr?"

„Ich beende meine Mittagspause in der Brasserie und Holger sehe ich mit seinem Fahrrad ankommen."

„Macht euch mal auf den Weg. Eine Leiche ist auf der Gänsewiese gefunden worden."

„Männlich oder weiblich? Und wo genau? Der Parkplatz ist nicht klein."

„Ach Andrea! Die Anruferin wirkte am Telefon aufgeregt. Wenn ich sie richtig verstanden habe, dann liegt eine weibliche Leiche im Gebüsch an dem kleinen Überweg zwischen den beiden Parkplätzen. In einer vermüllten Ecke."

„Danke, Maik", antwortet sie ihrem Kollegen.

Sie winkt den Kellner herbei, um zu bezahlen. Mittlerweile erreicht Holger das Lokal und begrüßt sie mit:

„Mensch Andrea, habe ich einen Hunger. Bist Du schon fertig?"

„Klar, ich schlafe nicht ein beim Essen", antwortet sie ihm.

„Eine Leiche im Gebüsch Gänsewiese", Maik hat vor einer Minute angerufen.

„Oh, nein!", stöhnt er.

„Ich habe zwei Mal versucht, dich anzurufen. Ohne Erfolg. Hast Du woanders gegessen?"

„Schön wär es, aber nein ein Raub mit Körperverletzung hat mich aufgehalten. Die Geschädigte ist im Krankenhaus und die Anzeige aufgenommen. Der Dieb entschwunden."

„Womit?"

„Du glaubst es nicht! Mit einem E-Scooter! Ich bin hinterher, aber an der Kreuzung Grundschule war er von der Bildfläche verschwunden. Deine Anrufe habe ich in dem Lärm nicht gehört. Eben kam eine Nachricht rein", antwortet er ihr.

„Von der Dienststelle?", fragt seine Kollegin ihn,

„Eher nicht", ist seine Antwort.

Andrea schaut ihren Kollegen aufmerksam an. Was ist bei ihm los?, geht es ihr durch den Kopf.

Der Kellner kommt mit der Rechnung an den Tisch. Andrea holt ihr Portemonnaie heraus, um zu bezahlen.

„Oh, Kohlrouladen", säufst Holger sehnsüchtig.

Andrea sieht ihn an und fängt an zu lachen.

Der Kellner fragt: „Eine Portion für Sie?"

Holger schaut seine Kollegin fragend an. Sie nickt.

„Ja, gerne! Aber bitte schnell!"

„Bringe ich sofort", antwortet er.

Kassiert bei Andrea ab und bedankt sich für das

Trinkgeld.

Holger setzt sich an den Tisch mit Blick auf die Wasserfontäne.

Während Andrea ihr Fahrrad aufschließt, kommt der Kellner mit dem Mittagstisch für den hungrigen Kollegen.

„Bis gleich", ruft sie rüber.

Er winkt, anstatt zu antworten. Der Mund ist voller Essen.

Andrea nimmt den kürzesten Weg zum Tatort, am Schlossteich und Rathaus vorbei, über die Fußgängerzone bis zur Kreuzung. Diese überquert sie bei Grün und biegt dann links ab. Beim Supermarkt fährt sie über den Parkplatz bis zum Übergang zur Gänsewiese.

Ein grauer Renault biegt langsam auf diesen Weg ein. Die Fahrerin vergisst, Gas zu geben. Der Wagen steht mitten auf der Straße. Kein Auto kommt vorbei. Sie versucht immer wieder, das Fahrzeug zu starten. Die ist aber nervös, schießt es Andrea durch den Kopf und schiebt das Fahrrad rechts an ihr vorbei.

Sie erreicht den Tatort.

Kapitel 24

Simons Handy klingelt in der Hosentasche. Er holt es heraus und wirft einen Blick auf die Telefonnummer und nimmt ab.

„Hallo, Vati, störe ich?", fragt Philipp mit leiser Stimme.

„Nein, ich habe Zeit", antwortet er und schaut sich nach einer Sitzgelegenheit um.

Hat Philipp Probleme?, ist sein erster Gedanke. Wenn ja, welche? Hat er Angst vor der Hochzeit mit Miriam, seiner Freundin, der Tochter von Andrea?

Bei der leeren Bank, die sein suchender Blick erhascht hat, ist er angekommen und setzt sich.

„Du, Vati, kann ich heute Abend zum Essen bei dir einen Freund mitbringen. Ich glaube, dass er ein Problem hat."

„Philipp, ich bin heute nicht zu Hause sondern mit Andrea verabredet. Stoßt dazu. Ich informiere sie darüber", antwortet Simon ihm.

In der Zwischenzeit hat sich eine Frau zu ihm auf die Bank gesetzt.

Ein Zögern in der Leitung. Dann kommt die Antwort:

„Gerne! Was dürfen wir mitbringen?"

Simon überlegt und antwortet:

„Vanilleeis mit frischen Erdbeeren."

Er hört ein lautes Lachen an seinem Ohr.

„Vati, Du denkst nur an Dich und deine Vorlieben. Bis 19 Uhr oder später?"

„Nein, 19 Uhr ist in Ordnung. Tschüs, Philipp."

„Tschüs", kommt es aus dem Apparat.

Er sucht bei WhatsApp Andreas Namen, um ihr eine Nachricht zu schreiben, da bemerkt er seine Sitznachbarin, die eng an ihm herangerückt ist und dabei ist ihren Arm, um seine Schulter zu legen.

Er sieht Simone, die in diesem Moment an der anderen Straßenseite mit dem Zwillingswagen vorbeischiebt.

Er hebt den Arm, um sich bemerkbar zu machen.

Ignoriert sie den Freund oder hat ihn nicht gesehen?

Jetzt ruft er laut ihren Namen.

„Simone."

Keine Reaktion von ihrer Seite.

Hat sie ihn nicht gehört? Das Verkehrsaufkommen an dieser Nebenstraße ist gering also nicht laut. Er schüttelt erstaunt den Kopf.

Er wendet sich jetzt der Frau neben sich zu und spricht sie an mit den Worten: „ ...

Kapitel 25

Eine Frau mit braunem Dackel steht an der Seite. Als sie Andrea um die Ecke biegen sieht, winkt sie ihr zu und ruft:

„Hierher Frau Kommissarin."

Andrea winkt zurück und parkt das Fahrrad an der Laterne und geht dann zu ihr.

Die Polizeibeamtin stellt sich vor und fragt:

„Sie haben eine Leiche gemeldet? Wo liegt sie?"

„Angela Dependahl. Mein Dackel Manfred, den Namen hat er nach meinem verstorbenen Mann erhalten, hat die Leiche gefunden. Ich habe nur die Hand gesehen. Da hat es mir schon gereicht. Er wollte erst nicht hören, aber als ich ihn mit einem Leckerli gelockt habe, da hat er von dem Toten abgelassen. Jetzt habe ich den Hund an der Leine. Das ist besser so. Sonst frisst er einen Finger oder so. Er liebt Fleisch."

Einen Moment bevor sie sich mit dem Satz an den Dackel Manfred wendet, stockt ihr Redefluss:

„Ja, Knochen mit was dran liebst Du."

Der kleine braune Hund wedelt mit dem Schwanz.

„Er versteht jedes Wort, Frau Hellier."

Sie wendet sich der Kommissarin zu und redet weiter:

„Zum Glück habe ich mir heute mein Handy eingesteckt, sodass ich bei der Polizei anrufen konnte. Es
hat nicht viel gefehlt, da hätte ich schon eine Stunde
früher angerufen. So ein Rüpel mit E-Scooter hat
meinen Manfred fast überfahren. Zum Glück habe
ich mit dem roten Regenschirm gedroht und die
Handtasche festgehalten."

Frau Dependahl verschnauft einen Augenblick, um
Luft zu holen.

Diese Pause nutzt Andrea und stellt ihre Frage:
„Wo liegt die Leiche?"

Frau Dependahl zeigt in die mit niedrigem, stache-
ligen Gehölz bewachsene Ecke, die sich hinter ihr
befindet.

Die Kommissarin zieht sich ihre Gummihandschuhe
an und geht zum Gestrüpp.

Der Dackel fängt laut an zu bellen.

„Pst, Manfred, beruhigt ihn sein Frauchen."

Jetzt steht Andrea vor der Schmuddelecke und entdeckt die Hand. Sie geht näher heran. Sieht sich
nach einem Stock um. Im Unrat oder daneben ist
keiner zu sehen. Liegt dort eine Leiche? Ihr kommen
Zweifel. Sie tritt zwei Schritte näher. Rechts von ihr
entdeckt sie jetzt einen Metallstab. Sie hebt ihn hoch
und ragt damit einen Teil des Mülls weg.

„Na, Andrea, legst Du die Leiche frei?"

Ach, Holger hat sich mit dem Essen beeilt. Er ist
schon eingetroffen.

Sie hat jetzt freie Sicht auf die „Leiche" und fängt

laut an zu lachen.

Vor ihr liegt eine nackte Sexpuppe. Die wurde nicht mehr benötigt und mit Sicherheit bei Dunkelheit entsorgt, damit kein Mensch es mitbekommt.

Durch Andreas Lachen angelockt, kommen Holger und Frau Dependahl samt Dackel Manfred zu ihr. Der Hund ist an der kurzen Leine und erhält das nächste Leckerli.

Andrea holt ihr Handy heraus und ruft die Tatortreiniger an. Diese Spezialgruppe gehört zur Stadtreinigung und säubert umgehend Tatorte. Verdreckte Ecken wie diese.

Holger sieht Andrea an und meint: „Den Mord hast Du schnell gelöst.“

„Stimmt!“

Andrea schreibt sich Namen und Anschrift von Frau Dependahl für ihren Bericht auf.

Sie verabschieden sich beide von Dackel mit Frauchen, um ins Büro zu fahren.

Andrea wirft einen Blick auf ihr Handy und liest die Nachricht von Simon. Freude steigt in ihr auf. Sie sieht ihren Freund heute. Er bringt zwei Personen mit. Sie freut sich, dass Philipp mit dabei ist. Ihr zukünftiger Schwiegersohn. Ein Bekannter von ihm ist ihr immer willkommen.

Hat sie genug zum Essen im Kühlschrank?, schießt es ihr durch den Kopf. Sie überlegt kurz.

Kapitel 26

Simone hat Andreas Freund Simon Albert gesehen. Heute sogar zwei Mal. Immer mit einer anderen Frau oder war es dieselbe? Jedes Mal in einer zweideutigen Situation. Mit einer beim Juwelier, der er ein Schmuckstück gekauft hat.

Dann die Szene auf der Bank - ihr Arm um seine Schulter. Die beiden jedes Mal vertraut.

Im Juwelierladen hat sie die Frau von hinten gesehen. Eben von vorne. Ist es ein und dieselbe Person?

Oder hat er drei Eisen im Feuer?

Beim Kinderwagen schieben ist sie an seinem Auto vorbei gekommen. Das Fahrzeug erkennt sie schon von weitem. Ein eher seltenes Modell. Simon fährt es seit kurzer Zeit.

Hinter den rechten vorderen Scheibenwischer klemmte ein Zettel. Sie ist näher herangegangen. Herzchen darauf und ein Text. Sie hat den Liebesbeweis nicht in die Hand genommen.

Er in eine Midlife-Crises hineingeraten, da ist sie sich sicher. Jagt sein reales Alter dem gefühlten davon? Dabei hat er das goldene Zeitfenster seines Lebens, das zwischen vierzig und sechzig Jahren angesiedelt wird, erreicht.

Sie hat einen Artikel über diese Lebensphase verschlungen. Einige Anzeichen, die dort aufgezählt und erklärt wurden, deuten darauf hin.

Zum Beispiel ein neues kostspieliges Auto - eine waghalsige Entscheidung alterspubertärer Männer.

Hoffentlich gerät ihr Liebster nicht in diese pubertäre Phase. Drei verschiedene Beziehungen auf einmal.

Ich glaube, das schafft er nicht, bei den kleinen Schreihälsen.

Ob sie Andrea von ihren Beobachtungen berichtet?

Kapitel 27

Die Kommissarin fährt ihren Computer herunter. Es ist Zeit, nach Hause zu gehen. In der Dienststelle liegt nichts aktuelles an.

Das die Taschendiebstähle zugenommen haben beunruhigt sie. Ob eine Bande dahinter steckt? Sie hatten lange Zeit Ruhe, weil hier im Amtsgerichtsbezirk schnell verurteilt wurde. Das hat sich rumgesprochen, und deshalb wurde Braake/Aue gemieden.

Bertil, ihr Kollege von der Drogenfahndung steckt den Kopf in die Tür.

„Holger hat heute Morgen bei uns nachgefragt wegen des Plakats, das ihr entdeckt habt."

„Ja, stimmt! Steckt da ein Drogenkartell dahinter, die auf solchen Partys ihr Zeug verticken?", fragt Andrea.

„Uns ist bis jetzt nichts davon bekannt. Es scheint die erste Party, der Art zu sein. Wer dahinter steckt, dass wissen wir nicht. Die Kollegen vermuten, dass es sich um eine Schulabschlussfeier handelt. Groschenpartys gab es in den sechziger Jahren des letzten Jahrhunderts."

Andrea ist mit der Antwort nicht zufrieden.

Alle Jugendlichen sind in Whatsapp-Gruppen vernetzt und benötigen keine Plakate. Da steckt etwas anderes dahinter.

„Woher hast Du die Information über die Groschenpartys, die vor mehr als sechzig Jahren stattgefunden haben?"

„In der Galerie Werner läuft eine Ausstellung über diese Zeit. Sehenswert! Ich habe sie mit meinen Großeltern dort besucht. In den Räumen hängt ein Prospekt, auf dem eine Groschenparty angekündigt wird."

„Hat die hier in Braake/Aue stattgefunden?", fragt Andrea.

„Du, da habe ich nicht drauf geachtet, sondern auf die Reaktionen von meinen Großeltern. Die waren sehenswert. Immer wieder kam ein Ausspruch wie zum Beispiel:

Erinnerst Du dich daran? Nein, so was, das ist der Schlüssel von der Hintertür des Starclubs. Schau mal - das Cocacola-Girl, usw."

„Danke, ich werde der Galerie Werner in den nächsten Tagen einen Besuch abstatten, um mir die Ausstellung anzusehen."

Kapitel 28

Heute Abend sitzen sie zu viert am Tisch.

Simon, ihr Freund, hat ihr einen Blumenstrauß mitgebracht. Langstielige rote Rosen - ein Traum! Sie hat sich riesig darüber gefreut.

Philipps Gast hat sie heute Morgen kennengelernt. Überrascht waren sie beide, als er mit Philipp vor der Tür stand. Seine Gesichtsfarbe verfärbte sich unmerklich. Der Rotton nahm zu. Ja, man isst nicht so oft bei der Kommissarin, die zu einem vermeintlich Toten gerufen wird, der nur auf dem Steinboden der Brücke eingeschlafen ist.

Ja, der Abend davor ist das Problem. In was hat er sich da nur hinein manövriert? Hoffentlich wird sie ihm helfen.

Andrea hat auf der Terrasse gedeckt. Das milde Wetter lockte zum Essen im Garten.

Ihre Zeit, bis die Gäste klingelten, reichte aus, um Burger herzustellen.

An den Gesichtern ihres Besuchs sieht sie, dass das genau das richtige Gericht für junge Leute ist. Dazu zählt sie sich und Simon. Aber nur in ihren Gedanken.

Eis und Erdbeeren haben die beiden Jungs mitgebracht.

Ihr Freund hat ihr ins Ohr geflüstert, als sie ihm die Tür geöffnet hat:

„Ich liebe Dich."

Ihr Schmetterlinge im Bauch erwachten sofort zu den bekannten Luftsprüngen. Sein Begrüßungskuss auf den Lippen, den sie in der Zehenspitze merkt. Göttlich!

Vergessen aus ihren Gedanken ist die Frau, mit der sie ihn gestern kurz gesehen hatte, und die er nicht erwähnt hat.

Ein weiterer Satz erreicht ihr Ohr:

„Das Leben ist eine Überraschung für sich!"

Zu dem Essen haben die drei Männer Bier getrunken.

„Das Männergesöff gehört dazu!" Oh-Ton Philipp.

Zum Glück standen einige Flaschen in der Kammer.

Sie selber hat sich ein Mineralwasser eingeschenkt.

Zum Nachtisch hat sie ein paar Erdbeeren abgezweigt für den Sekt.

Als sie später in der Dämmerung bei Kerzenlicht am Tisch saßen, hat Philipps Freund die Bombe platzen lassen.

Kapitel 29

Emil Meyer, der Freund von Philipp, liegt im Hotel Linde im Bett. Die Zähne hat er ausgiebig geputzt. Dabei immer wieder in den Spiegel geschaut und sich gefragt: Sieht so ein Mörder aus?

Er ist sich nicht sicher, ob sich sein Gesichtsausdruck in den letzten Tagen verändert hat. Hätte er geahnt, was er hier erlebt hat, wäre er seinem Freund nicht nach Braake/Aue gefolgt.

Sein Blick fällt auf den Wecker. Die Sekunden schleichen in dieser Nacht.

Der Schlaf kommt nicht, weil seine Gedanken im Kopf kreisen.

Jetzt nimmt der letzte Abend mit Philipps Vater und der Kommissarin vor seinem inneren Auge Gestalt an. Ein Lächeln stielt sich in sein Gesicht, wenn er daran zurückdenkt.

Zuerst hat Simon Albert angenommen, dass die Hochzeit von Miriam und Philipp geplatzt ist. Dieses Missverständnis war komisch. Zum Lachen, wenn der Anlass nicht so ernst gewesen wäre.

Sein Freund und er haben sich angesehen, weil er ihm Mut machen wollte, damit alles gezeigt und erzählt wird.

Simon Albert und die Kommissarin waren aufmerksam, aber hatten eine andere Erwartungshaltung.

„Philipp, egal welches Problem Du hast, wir lösen es alle gemeinsam", nach diesen Worten schaute er seinen Sohn ernst an.

„Vati, es geht nicht um mich", antwortete er ihm und drückt kurz meine Hand.

„Hast Du mit Miriam darüber gesprochen?", mischt sich jetzt die Kommissarin ein.

„Warum sollte ich?", fragt Philipp verwundert.

„Meinst Du nicht, dass sie es wissen muss", antwortet sie ihm jetzt leicht verwirrt.

„Ich glaube, Sie haben etwas missverstanden. Mein Freund und ich haben kein Verhältnis miteinander. Er macht mir Mut, mit Ihnen über das Problem zu sprechen. Ich werde erpresst!"

Kapitel 30

Frau Hermann betritt ihre Galerie. Diese Ausstellung ist nicht mehr vollständig. Wieso ist es ihr nicht früher aufgefallen? Es fehlt das HB-Männchen! Hat sie etwa vergessen es vorgestern, bei Ausstellungsende um 18 Uhr, einzuräumen? Wird sie alt oder war sie abends mit den Gedanken woanders? Sie muss auf jeden Fall den Diebstahl melden, aber vorher versucht sie, ihre Freundin Dorle zu erreichen, die in Urlaub zu sein scheint. Nur wo und mit wem?
Sie greift zum Handy und drückt die Wiederholungstaste. Wie schon gestern, nimmt Dorle nicht ab.
Sie wählt die Nummer der Polizei. Da steht Kommissarin Andrea Hellier in der Tür.
Riecht diese Frau die Kriminalfälle bevor sie eingetreten oder gemeldet sind?
Ich will erst wissen, weshalb sie hier ist, geht es ihr durch den Kopf. Den Diebstahl melde ich später.
Ist etwas mit Dorle?, ist ihr nächster Gedanke.
Ach Quatsch! Von unserer Freundschaft kann sie keine Kenntnis haben.
„Hallo, Frau Hermann. Die Ausstellung soll sehenswert sein. Ich möchte sie mir ansehen."
„Guten Tag, Frau Kommissarin Hellier. Ja, das stimmt!", antwortet sie ihr.

Andrea bezahlt den Eintritt und sieht sich die Ausstellung intensiv an. Vor dem Plakat, das für die Groschenparty wirbt, bleibt sie länger stehen und macht Fotos mit ihrem Handy.

Frau Hermann beobachtet sie. Komisch! Das ist doch nur ein Plakat wie jedes andere. Dabei hat sie vor einiger Zeit einen Mann gesehen, der Fotos davon geschossen hat. Wann war das genau? Ein Tag nach der Ausstellungseröffnung. Ja, da ist sie sich sicher. Denn in der Mittagspause hatte sie eine Verabredung mit Dorle.

Im vertrauten Gespräch hat sie ihr ein Geheimnis aus ihrer Jugend verraten.

Zuerst hat ihre Freundin über diesen Vorfall gelacht.

„Was findest Du daran lustig?"

Keine Antwort von ihr.

„Wer war der Mann?", fragte Dorle, kürze Zeit später, beschämt.

„Den kennst Du nicht", hatte sie ihr geantwortet.

Sie hat keine Ruhe gegeben, bis sie den Namen verraten hat.

Ihre Freundin erstarrte. Ein Windstoß fegte durch das Café? Die vertraute Stimmung war verschwunden. Kurze Zeit später haben sie sich voneinander getrennt.

Nachdem die Kommissarin sich die Ausstellung ausgiebig angesehen hat, sucht sie Frau Hermann. Die hält sich in der Küche auf und fragt:

„Wo steht das HB-Männchen?"

Die Aufsicht lässt vor Schreck den Teller fallen, den sie in der Hand hält und stottert:

„Da, da hinten!"

Kapitel 31

Das Handy klingelt in der Jackentasche. Andrea holt es heraus und sieht auf dem Display, dass Holger sie anruft.

„Na, Kollege, wo brennt die Hütte?", fragt sie.

„Ein Brand ist mir nicht gemeldet worden", antwortet er lachend.

„Da Du bis jetzt nicht in der Dienststelle erschienen bist, wollte ich dich wecken!"

„Holger, ich bin längst wach und mitten in den Ermittlungen. Habe einen Diebstahl aufgeklärt, der uns nicht gemeldet wurde."

„Bei dieser Leistung schlage ich dich für einen Bonus vor. Gefällt dir ein Tag Urlaub extra? Das soll dir einmal einer nachmachen! In Zukunft nimmst Du Mörder fest, bevor sie die Tat begangen haben",

antwortet er ihr. In seiner Stimme fehlt die Ernsthaftigkeit.

„Ja, Du hast Recht, wenn es mir gelingt, dann melde ich diese Fähigkeit als Patent an."

„Vergebliche Mühe! Das gibt es schon?"

„Wie kommst Du darauf, Holger?"

„Läuft nicht in einigen Bundesstaaten der USA ein Programm, in dem die Algorithmen potenzielle Täter ermitteln? Die Beamten verwarnen die Personen, nach dem Motto - wir haben dich im Auge", antwortet er ihr.

„Nie davon gehört." Ist Andreas Antwort.

„Bin auf dem Weg ins Büro. Unterwegs sehe ich mir das Plakat beim Kinderspielplatz an, was uns beiden aufgefallen ist. Außerdem brauchen wir Information zu einer Person, nein eher zu zwei Menschen."

„Andrea, ich kann dir im Moment nicht folgen. Um welche Leute handelt es sich?"

„Gestern Abend hatte ich zum Abendessen Besuch. Den Freund von Philipp hast Du kennengelernt." Holger unterbricht seine Kollegin.

„Wann und wo?"

„Der vermeintlich Tote von der Brücke gestern Morgen. Den habe ich zu um 11.30 Uhr in Kommissariat bestellt. Bis dahin bin ich eingetrudelt."

„Du meinst Emil Meyer?", fragt Holger.

„Ja, recherchiere zu ihm. Bitte vergesse die sozialen Netzwerke nicht."

„Mir fehlt der Name der zweiten Person, zu der Du Recherchematerial benötigst."

„Der Groschentote", ist ihre Antwort.

Holger schluckt. Schiebt Andrea ihn jetzt auf die Nudel. Vorsichtig fragt er:

„Der Groschentote - habe ich richtig gehört?"

„Ja, zu der Person benötigen wir mehr Informationen."

„Ich mach mich an die Arbeit. Übrigens habe ich heute Morgen bei dem zweiten Bestatter, der in

Braake/Aue tätig ist, angerufen. Seine Büromitarbeiterin Angelika Schmidke war am Telefon. Kein Toter in letzter Zeit, der in unsere Vorgaben passt. Sie fragt ihren Chef Louis Lankau, sobald er zurück ist und meldet sich bei uns."

„Danke, Holger. Ich glaube, über die Bestattungsunternehmer erhalten wir keine Informationen zu der ermordeten Person, die höchstwahrscheinlich eines natürlichen Todes verstorben ist. Man sollte nie auf Tratsch hören! Bis gleich!"

Andrea setzt sich aufs Fahrrad, um sich das Plakat kurz anzusehen, ein Foto davon schießen und dann ins Büro.

Sie fährt zum Plakat. Es hängt nicht mehr dort! Steht sie vor dem falschen Baum?

Kapitel 32

Emil Meyer ist auf den Weg zur Polizei, um dort seine Aussage zu machen.

Gestern, nach dem leckeren Abendessen - die selbstgemachten Burger hätte er der Kommissarin nicht zugetraut. Sie ist so professionell, nicht wie eine Hausfrau. Seine Oma, Olga Meyer, ist eine ausgezeichnete Köchin, aber sie wirkt so anders, alt und hausbacken. Zwischen ihr und der Freundin von Philipps Vater liegen viele Jahre. Ist es das, was sie unterscheidet?

Der Witz ist, dass die beiden seine Großeltern kennen. Scheinbar waren sie in Indien mit dem Reiseunternehmen „Albert Erlebnisreisen" , das Philipps Vater gehört. Er wird sie auf jeden Fall danach befragen.

Wie er in diese Erpressung hineingeraten ist, bleibt ihm ein Rätsel.

Er erinnert sich nicht an den Sex mit dieser Nutte. Ihr Gesicht - er hat es sich mehrfach auf den Bildern angesehen - ist ihm fremd.

Normalerweise brennt sich der Sex in sein Gedächtnis ein. Dann ist in seiner Erinnerung der Geruch, wenn er sie sexuell erregt hat und ihre Reaktion beim Höhepunkt, abgespeichert. All das fehlt. Hatte er überhaupt Sex mit dieser Frau?

Sie haben ihm Bilder geschickt. Diese Schweinehunde!

Er erinnert sich an nichts. Vor allen Dingen nicht daran sie getötet zu haben.

Angeblich an dem Tag, als er in Braake/Aue eingetroffen ist, und abends eine Kneipe besucht hat. An der Theke hat ein Mann sich zu ihm gesetzt. Er hat sein Bier getrunken. Der Fremde ebenfalls.

„Schmeckt, das Gesöff? Prost!"

Sie haben angestoßen.

„Bring uns zwei, Gustav."

Der Barkeeper lässt es langsam ins Glas einlaufen. Eine Schaumkrone entsteht.

„Sieht gut aus." Anerkennend lächelt er ihm zu.

Beide kommen ins Gespräch. Sie unterhalten sich über alles Mögliche - sein Studiumsende ist ein Thema.

Seine neue Bekanntschaft hat ihm nach dem dritten Glas Bier oder war es das vierte - einen Job angeboten.

Dabei braucht er keinen! Ein Arbeitsplatz wartet auf ihn.

An die Jobbeschreibung kann er sich nicht mehr erinnern. War er da schon weggetreten?

Hat er seinem Kneipenkumpel eine Visitenkarte gegeben? Mit Sicherheit! Woher hat er sonst seine persönlichen Daten?

Von ihm hat er eine erhalten. Wo ist die Karte geblieben?

An seinen Rückweg ins Hotel kann er sich nicht erinnern! War ihm der Faden gerissen? Soviel Bier hat er nicht getrunken, dass er volltrunken war. Hat er K.O.-Tropfen erhalten?

Komisch war, dass er am nächsten Morgen, mitten beim Bemalen der Kaugummiflecken wie tot auf der Brücke eingeschlafen war.

Gestern kamen per Handy die Bilder und die Forderung.

Er ist fix und fertig.

Kapitel 33

Andrea trifft im Kommissariat ein. Holger sitzt am Computer und schaut hoch, als er sie begrüßt. Dabei fällt sein Blick auf ihre Hand. Er sieht einen Ring an ihrem Finger.

Hat sie sich verlobt?, schießt es ihm durch seinen Kopf.

„Na, gibt es bei dir etwas Neues", fragt er sie.

„Nein, hast Du recherchiert, worum ich dich gebeten habe?"

„Na, klar!", antwortet er ihr.

„Hast Du etwas Wichtiges herausgefunden?", fragt sie ihn leicht ungeduldig.

„Kann man so oder so sehen."

Er fängt an zu lachen, weil Andrea nach einer Antwort ihr Gesicht verzieht.

„Über Emil Meyer gibt es nichts zu berichten. Er ist unauffällig.

Die, der „Groschentote" wird nirgends erwähnt. Wen oder was meinst Du damit? Nimmst Du an, dass auf der Party Drogen vertickt werden mit Folgen. Ist das der Grund, weshalb Du unserer Recherche so bezeichnest?",

antwortet er ihr.

„Ja, Du hast es erkannt! Der Name gefällt mir. Ich habe es im Urin, dass es Tote gibt.

Auf dem Rückweg von der Galerie bin ich zum Minigolfplatz gefahren, um das Plakat mit dem aus der Ausstellung zu vergleichen.

Ich habe es nicht mehr an dem Baum gesehen. Nur ein Papierfetzen hing dort. Es ist verschwunden. Hast Du eine Erklärung dazu?“

„Die Party hat mit Sicherheit schon stattgefunden“, antwortet Holger.

„In der Ausstellung in der Galerie Werner hängt ein Plakat, das eine Groschenparty ankündigt“, informiert Andrea ihn.

„Das habe ich eben aus deinen Sätzen heraus gehört. Vergnügungen dieser Art gab es schon früher“, resümiert Holger.

„Eine günstige Veranstaltung für die damaligen Teenager, denn ein Groschen ist die Bezeichnung für zehn Pfennig“, antwortet Andrea.

„Ja, der Ausdruck ist mir geläufig. Ein harmloses Vergnügen. Denn in den sechziger Jahren des letzten Jahrhunderts haben die Jugendlichen nur nachmittags getanzt und Händchen gehalten. Von Drogen hatten sie nichts gehört.“

„Holger, da hast Du mit Sicherheit recht. Nur wollen wir in dieser Zeit leben? Da ist der letzte Weltkrieg erst seit zwanzig Jahren beendet!

Jetzt zu einem anderen Thema.

Ich glaube, dass Frau Hermann etwas zu verbergen

hat. Mir ist nicht bekannt, was es ist. Da steigen wir hinter, da bin ich mir sicher.

Als ich vor dem Plakat stand, hat sie das Gesicht weggedreht, damit ich es nicht sehe. Komisch!

Und mit dem Diebstahl von dem HB-Männchen stimmt etwas nicht."

„Andrea, wie immer haben wir lose Fäden, die zu verknüpfen sind. Mal sehen, was daraus entsteht."

Kaum hat Holger seinen Satz beendet, da klopft es an der Tür.

„Herein", ruft Andrea.

Der Beamte vom Empfang steckt den Kopf in die Tür und sagt:

„Moin Kollegen. Besuch für euch. Eure Freunde sind im Anmarsch."

Bei diesen Worten breitet sich ein Grinsen über sein Gesicht aus.

Was hat das zu bedeuten?

Andrea wirft instinktiv einen Blick auf ihre Uhr. Es ist nicht 11.30 Uhr. Es kann nicht Emil Meyer sein.

Der Kollege tritt einen Schritt zurück und gibt die Tür frei.

Kapitel 34

Langsam reicht es Simon Albert. Schon wieder ein Zettel mit Herzchen und den Text „Ich liebe dich" auf der Windschutzscheibe. Das ist kein Spaß mehr! Er wird heute Abend mit Andrea darüber sprechen. Wer stalkt ihn? Ist es überhaupt eine Stalkerin? Nur Frauen kommen auf diese Idee. Er hat noch nie von einem Mann gehört, der Zettel mit Herzchen bei seinem Angebeteten am Auto hinterlässt.

Er durchforstet sein Gedächtnis nach Personen, die dafür in Frage kommen könnten. Es fällt ihm absolut keiner ein. Aber jemand hat ist verantwortlich! Nur wer?

Simon steckt den Zettel in seine Aktentasche. Bevor er die Autotür öffnet, da dreht er sich um. Er fängt an, die Umgebung zu beobachten.

Er sieht in diesem Augenblick nur Menschen, die sich bewegen, miteinander reden. Eine ältere weibliche Person mit Einkaufskorb betritt das Gemüsegeschäft. Eine Frau entfernt sich in die andere Richtung.

Die Gestalt kommt ihm bekannt vor. Könnte es sein, dass sie jetzt schon hier ist. Den Ort, den sie jahrelang nicht besucht hat. Ja, Braake/Aue war nicht ihre Stadt. Warum hat sie sich nicht gemeldet? Aber

Zettelchen an seiner Windschutzscheibe zu hinterlassen traut er ihr nicht zu.

Er drückt auf seinen Schlüssel. So, das Auto ist abgesperrt.

Er eilt mit großen Schritten hinter ihr her. Die weibliche Person biegt um die Ecke. Er erhöht das Tempo, um sie zu erreichen, bevor sie im Menschengewühl verschwindet. Jetzt erreicht er die Ecke und biegt nach rechts ab. Es hat sich gelohnt, dass er schneller gerannt ist. Es trennen sie nur einige Meter voneinander.

Seine Schritte werden länger und das Tempo nochmals höher. Jetzt hat er sie erreicht.

„Hallo, seit wann bist Du in der Stadt?"

Sie dreht sich um und schaut ihn an. Kein Wort kommt über Ihre Lippen.

Simon sieht sie erstarrt an. Damit hat er nicht gerechnet.

Die Zuschauerin auf der anderen Straßenseite hat er nicht bemerkt.

Kapitel 35

Kevin, Leon und Franz betreten den Raum.

„Guten Morgen", tönt es nacheinander aus ihren Mündern.

„Hallo ihr drei", begrüßt Andrea die Jugendlichen mit Handschlag.

„Was führt Euch zu uns?", stellt sie ihre Frage, während Holger jedem die Hand gibt.

„Na, ja", druckst Franz, bevor er anfängt zu reden. Die drei kennen die Kommissare seit deren letztem Fall. Sie haben ihnen Hinweise gegeben. Natürlich hatten sie vorher Mist gebaut. Aber haben sie mittlerweile einen anderen Weg eingeschlagen?

„Haben Sie das Plakat gesehen?"

„Welches meinst Du, Franz?", fragt Andrea, indem sie ihn in die Augen sieht.

Die Antwort kommt nicht vom ihm, sondern von Leon: „Das Groschenpartyplakat."

„Was ist damit? Es hängt nicht mehr am Baum."

„Die Party war am Samstag."

„So, so!", mischt Holger sich in das Gespräch ein.

„Was für eine wichtige Information habt ihr?", Andrea sieht Franz an, der dabei ist, den Mund zu öffnen.

„Wir glauben, dass die Leute, die die Party organisieren, Drogen verticken. Sie haben versucht, uns mit E-Scooter zu locken. Das ist die Bezahlung, wenn wir Sachen für sie erledigen. Mir hat der eine Typ schon einen zur Verfügung gestellt. Die anderen bekommen ihr Fahrzeug nächste Woche."

Andrea und Holger horchen auf.

„Was haben sie von euch verlangt?", fragt die Kommissarin.

„Bis jetzt habe ich nur Zettel an die Schüler, in meiner Jahrgangsstufe verteilt."

„Was stand auf den Zetteln, Franz?"

„Termin, Ort und Uhrzeit der Party", antwortet er ihr, leicht verlegen.

Er holt ein Taschentuch aus seiner Hosentasche. Etwas fällt runter und rollt über den Boden. Andrea hebt es auf und behält es in der Hand.

„Wie kommt ihr darauf, dass dort Drogen vertickt werden?", fragt Andrea nach.

„Das ist doch immer so. In jedem Krimi werden die Jugendlichen, so wie wir, erst gelockt und dann süchtig gemacht. Später gezwungen für die Kriminellen zu arbeiten", antwortet Leon ihr.

„Du hast Recht! So läuft es oft ab. Es ist richtig, dass ihr zu uns gekommen seid. Jetzt versuchen wir gemeinsam, das Problem zu lösen."

Andrea lächelt die Drei freundlich an und fragt:

„Franz, woher hast du dieses Geldstück?"

Er wirkt verlegen und schaut die Kommissarin nicht an. An seiner Stelle antwortet Leon.

„Wir haben mehr von diesen Schokogroschen. Die schmecken nicht! Ich habe meinen ausgespuckt!"

„Wer hat sie euch geschenkt?"

„Frau Kommissarin, die lagen im Karton bei Gustav auf dem Tisch. Wir haben uns bedient. Er hat es nicht gemerkt."

„Jungs, legt die Goldgroschen bitte in diese Tüte."

„Bekommen, wir Ärger?", Franz fragt mit Angst in der Stimme.

„Nein", beruhigt Holger die Drei.

Er stellt ihnen einige Fragen.

Sie antworten ihm wahrheitsgemäß.

Andrea ruft mittlerweile Berti Meyer, ihren Kollegen von der Drogenfahndung an.

Einem Drogenring sind sie vor kurzem auf die Spur gekommen. Ob sie nicht alle erwischt haben? Oder ist ein anderer Ring hier entstanden?, überlegt Andrea.

Auf jeden Fall sehen wir uns das Lokal in Bahnhofsnähe an. Emil Meyer und die drei Jungs haben diese Kneipe erwähnt.

Es klopft an der Tür.

„Herein", ruft Andrea.

Bertil Meyer tritt ein. Sie bittet ihn den Dreien einige Fotos von einschlägigen Tätern, aus der Szene zu zeigen. Den Beutel mit Inhalt drückt sie ihm in die Hand.

„Ach, als Belohnung Schokotaler. Die kenne ich aus meiner Kindheit. Waren immer lecker! Danke!"

„Nein, Bertil, die überprüfst Du bitte auf Drogen!",
antwortet sie ihm lachend.

„Wird erledigt!", kommt es aus seinem Mund und zu
den Jungs meint er:

„So, ab geht es. Ihr habt uns schon einmal geholfen,
habe ich gehört. Ihr seid richtige Profis!"

Die Jungs lächeln geschmeichelt.

„Ihr habt den Namen Gustav bei der Kommissarin
erwähnt. War das der Mann, der euch angesprochen
hat?", fragt er weiter.

„Ja", antwortet Franz ihm.

Als die vier den Raum verlassen, kommt Andrea
eine Idee. Sie ruft Kevin zurück und fragt:

„Sagt dir ein Holzmännchen etwas?"

Er wird knallrot und antwortet stotternd: „..."

Kapitel 36

Da Simone mit ihren Zwillingswagen durch die Stadt schiebt, sieht und hört sie mehr, nicht so als früher, wo sie den ganzen Tag berufstätig war. Außerdem beobachtet sie beim Schieben die Leute.

Komisch, dass Simon, der Freund von Andrea, ihr ständig auffällt. So, wie heute. Er ist eben hinter einer Frau hinterhergerannt. Ob er sie gekannt hat? Nur die weiblichen Personen häufen sich, mit denen sie ihn sieht.

Die Situationen wirken nicht harmlos. Was ist nur mit ihm los? Steckt er in einer Midlife-Crises? Hat die Beziehung zu Andrea einen Sprung? Ob sie die Beobachtungen ihrer Freundin mitteilen soll?

Die junge Mutter kommt mit ihrer Überlegung nicht weiter, denn Uta Lesko spricht sie an.

„Hallo Simone, ich freue mich, dass wir uns heute treffen."

An Stelle einer Antwort nimmt sie sie liebevoll in den Arm und fragt einen Moment später:

„Hast Du dich von dem Schreck mit dem „Toten auf der Brücke" erholt?"

„Ja! Hast Du Zeit auf einen Kaffee?" , fragt Uta Lesko und strahlt sie dabei an.

Hat sich etwas in ihrem Leben verändert, schießt es Simone durch den Kopf.

„Gerne! Die Buben schlafen und ich habe Zeit", antwortet sie ihr.

Bei diesen Worten schweift ihr Blick umher. Sie stehen gegenüber der Kirche. Das Wetter ist sonnig und warm, sodass die Möglichkeit besteht, draußen zu sitzen. Bei dem Bäcker in der Marktstaße erhebt sich ein Paar. Ein Tisch wird frei. Der Mann dreht sich zu ihnen um und hebt die Hand. Uta grüßt zurück.

„Kennst Du ihn?", fragt Simone erstaunt.

Er verabschiedet sich von der alten Frau und kommt auf sie zu. Utas Gesicht verfärbt sich.

„Ja", antwortet sie leise, kaum wahrnehmbar.

Hat sie einen Freund oder wird sie gestalkt?, schießt es Simone durch den Kopf.

Kapitel 37

Andrea schaut Kevin in die Augen. Er hat was zu verbergen.

„Na, Junge, jetzt mal raus mit der Sprache", fordert die Polizeibeamtin ihn auf endlich zu reden. Aus seinem Gestotter werden Holger und sie nicht schlau.

„Frau Kommissarin, wir haben nichts gestohlen, sondern uns nur etwas ausgeliehen. Ehrlich!"
Jetzt sieht er sie treuherzig an.

„Mal raus mit der Sprache", fordert sie ihn erneut auf.

„Na, das war so. Wir waren abends in der Stadt unterwegs.
Die Galerie wurde von der Aufsicht abgeschlossen. Da kam ein Mann vorbei. Schaute sich nach allen Seiten um und nahm das Holzmännchen mit. Das hat die Frau draußen stehen gelassen.
Wir sind dem Dieb unauffällig gefolgt. Das Männchen hat er versteckt. Wir sind weiter hinter ihm her und wissen jetzt, wo er wohnt."
Bertil klopft und steckt den Kopf durch die Tür und fragt: „Braucht ihr den Jungen noch, dann warte ich."
„Wir bringen ihn gleich zu dir rüber. Danke, Kollege", antwortet Holger ihm.

Bertil schließt die Tür.

Andrea wendet sich wieder Kevin zu.

„Wo hatte er das HB-Männchen versteckt?"

„Auf der Gänsewiese. In der rechten Ecke, wenn Sie über den Parkplatz vom Edeka kommen. Da liegt Müll herum."

„Wann habt ihr die Holzfigur in euren Besitz gebracht?"

Kevin antwortet Andrea umgehend:

„Nachdem wir wussten, wo er wohnt sind Leon, Franz und ich zurück zum Versteck und haben das Diebesgut sichergestellt."

„So, so!", grummelt Holger, der sich nicht weiter einmischt.

„Warum habt ihr den Diebstahl nicht gleich der Polizei gemeldet und den Gegenstand dorthin gebracht?"

„Frau Kommissarin, genau das hatten wir vor. Nur leider ist uns etwas dazwischen gekommen."

Andrea schaut ihn erstaunt an und fragt:

„Was?"

„Ihr Dienstplan!"

Andrea und Holger sehen ihn fassungslos an. Diese Bengels sind um keine Ausrede verlegen!

Es dauert bis er antwortet:

„Wir hatten vor am Vormittag, wenn Sie hier arbeiten zu erscheinen und ihnen das Diebesgut persönlich aushändigen und den Wohnort des Diebes zu verraten."

„Warum?", fragt sie erstaunt.

„Um den Finderlohn zu kassieren", antwortet er ihr.

„So, so", gibt Holger von sich und grinst unmerklich in sich hinein.

„Was ist bei eurem Plan schief gelaufen?", fragt sie ihn.

„Am nächsten Morgen, wir hatten zur vierten Stunde Unterrichtsbeginn, da planten wir, zu ihnen ins Kommissariat zu kommen. Leon hatte die Idee, über den Friedhof zu laufen. Das ist eine Abkürzung."

Es klopft wieder an der Tür:

„Herein", ruft Holger.

Der Kollege unten vom Empfang steht mit Emil Meyer vor der Tür.

Andrea wirft einen Blick auf ihre Uhr und stellt dabei fest, dass es schon so spät ist. Sie nickt Holger zu.

Er nimmt daraufhin die beiden in Empfang und gibt seine Anweisungen.

„Einen Moment bitte, Herr Meyer. Wir sind gleich für sie da."

Zu seinem Kollegen gewandt sagt er:

„Danke! Bringst Du ihn bitte in das Vernehmungszimmer."

Die Tür schließt sich wieder und Andrea wendet sich erneut Kevin zu und fragt: „Und dann?"

Kapitel 38

„Sind Sie nicht der Seiltänzer vom letzten Sonntag?", ein freundlicher älterer Herr spricht Marco, der mit dem Zug aus Hamburg gekommen ist, an.

„Ja, ich bin der Seilakrobat", antwortet er ihm.

„Mein Name ist Meyer-Roth", stellt der Mann sich vor.

„Mir hat ihre akrobatische Leistung gefallen. So auf dem Seil zu spazieren ist mir nicht möglich. Die Fallhöhe - Mann, oh Mann. Mir wäre schwindlig geworden.

Und dann der Farbbeutel. Zielgenau auf ihren Körper gerichtet. Wie er auf sie zuflog! Rote Farbspritzer in der Luft und auf ihre linke Hüfte. Ihr Schrei! Sie wackelten!

Es schoss mir durch den Kopf: Jetzt ist er schwer verletzt. Gleich fällt er runter.

Mein Handy in der Hand brauchte ich nicht, da Sie sich gefangen haben und weiter balanciert sind – zum Glück. Haben Sie schon Anzeige erstattet?"

Marco ist jetzt endgültig aus seinen Gedanken gerissen und konzentriert sich auf die Person, die vor ihm steht und auf die Frage.

„Nein, ich habe keine Anzeige erstattet. Habe es mir vorgenommen", antwortet Marco ihm.

„Kommen Sie doch gleich mit. Ich bin auf dem Weg zur Kommissarin Andrea Hellier. Ich habe dort etwas zu erledigen. Kennen Sie den Angreifer?"

„Nein! Danke für ihre Hilfsbereitschaft! Ich werde mich heute im Laufe des Tages bei der Polizei melden. Meine Zeit reicht im Augenblick nicht dafür. Ein Job wartet. Auf Wiedersehen!"

Nach diesen Worten dreht Marco sich um und eilt in Richtung Friedhof.

„Tschüs!", antwortet ihm Herr Meyer-Roth und sieht hinter dem Mann her.

Ja, jung müsste man noch einmal sein, denkt er. Sein Blick folgt ihm weiter. Marco verlässt den Weg und betritt den Friedhof. In diesem Augenblick läuten die Glocken.

Eine Beerdigung! Wer ist verstorben? Es fällt ihm keiner von seinen Bekannten und Freunden ein, die heute beerdigt werden. Hat die Chefin, seine Frau, etwas in dieser Richtung erwähnt?

Der ältere Mann geht hinter ihm her auf den Friedhof. Marco ist nicht mehr zu sehen. Scheiße!

Sein Blick fällt auf die hohen Rhododendron-Büsche an. Sie stehen in voller Blüte, in den Farben: rot und lila. Es ist eine Pracht.

Es ist fast so farbenfroh wie in Hamburg auf dem großen Friedhof. Der Name fällt ihm im Augenblick nicht ein. Ach ja, jetzt hat er ihn. Sein Gedächtnis funktioniert. Ohlsdorf heißt er. Beim Bummeln hier über den Waldfriedhof hat er seine Gedanken schweifen lassen und dabei vergessen, auf die Uhr zu schauen.

Ein Trauerzug verlässt die Kapelle und schreitet in seine Richtung. Sie biegen nach rechts ab. Er tritt einen Schritt zurück, als sie in seinen Sandweg einbiegen. Der Sarg wird von vier Sargträgern mit Zylinder getragen. Als der Trauerzug an ihm vorbeigeht, erkennt er in einen der Träger den jungen Mann, den Seilakrobaten, mit dem er sich vor kurzer Zeit am Bahnhof unterhalten hat.

Damit hat er nicht gerechnet.

Ihm fällt das Gespräch ein, das er zum Teil in der Menschenmenge mitbekommen hatte, als er am Sonntag bei dem Stadtfest den Stelzenläufern gefolgt war. Die Kommissarin Andrea Hellier, die sich vor ihm in dem Besucherstrom befand, hatte es auch gehört. War dieser junge Mann gemeint?

Kapitel 39

„So, Kevin mal raus mit der Sprache", fordert Andrea Hellier ihn auf.

Er druckst kurz herum und fängt dann an zu reden:

„Wir wollten die Abkürzung über den Friedhof nehmen. Als wir ihn betreten, da hören wir entfernt laute Stimmen, die sich streiten. Eine Frauenstimme kreischt in höchsten Tönen. Wir verstecken die Figur im Gebüsch und schleichen uns heran. Franz gibt uns ein Zeichen, damit wir still sind. Da war was los! Da fielen Worte, die würden Sie nicht in den Mund nehmen."

Kevin sieht die Kommissarin treuherzig an und berichtet weiter.

Holger und Andrea können sich ein Grinsen kaum verkneifen.

„Nachdem die Kontrahenten sich getrennt haben, ist jeder in eine andere Richtung gegangen."

„Erkennst Du die Personen wieder?", fragt Andrea ihn.

„Klar! Aber die anderen beiden beim Sex auf dem Friedhof haben wir uns nicht so genau angesehen", antwortet er.

Holger und Andrea sehen sich erstaunt an und der Kommissar fragt:

„Bist Du dir sicher mit dem Sex?"

„Klar, fragen Sie die Anderen. Außerdem habe ich genug Filme im Fernsehen mit diesen Szenen gesehen."

„Habt ihr eine Vergewaltigung mitbekommen?"

„Nein, das hätten wir angezeigt", antwortet er empört.

„Wir haben uns davon geschlichen, als sie mit Küssen beschäftigt waren."

Er grinst und lacht Sekunden später aus vollen Herzen.

„Dabei haben wir laut ein Lied gepfiffen und sind dann zurück zum Gebüsch mit den lila Blüten. Ich glaube, ihren Spaß hatten sie nicht."

„Was hat euch davon abgehalten, die Figur ins Kommissariat zubringen?"

Holger schaut ihn nach seiner Frage an. Andrea ist gespannt, was jetzt kommt.

„Wir waren empört!"

„Was ward ihr?", rutscht es Andrea heraus.

Kevin sieht sie erstaunt und antwortet:

„Ein Theater am Grab zu veranstalten, das geht gar nicht."

Eine Antwort, warum das HB-Männchen nicht bei uns gelandet ist, haben wir immer noch nicht, schießt es Andrea durch den Kopf.

„Die Figur haben wir aus dem Versteck geholt. Auf dem Weg zu ihnen, hatte Franz die Idee an der offenen Grabstelle vorbeizugehen. Er hatte vor einmal in das Innere eines ausgehobenen Grabes zu sehen, um alte Knochen und Schädel zu entdecken."

„Ihr habt Ideen", meint Holger trocken.

„Als wir vor der geöffneten Grabstätte standen, haben wir die Figur davor abgestellt, um ein Foto mit dem Handy davon zu schießen."

Es wird immer bunter! Andrea wartet gespannt auf die nächsten Erklärungsversuche.

„Als wir mit dem Foto fertig waren, haben wir Stimmen und Schritte gehört und sind abgehauen."

Kapitel 40

Emil Meyer wartet im Vernehmungszimmer auf die Kommissare. Gestern Abend hat er Frau Hellier schon alles erzählt. Heute wird das Protokoll aufgenommen.

Ja, Erpressung ist kein Spaß!

Er holt sein Handy aus der Hosentasche und schaut sich das Foto, zum wiederholten Mal an – das Corpus Delicti.

Die Frau ist tot! Er sieht es sich zum hundertsten Mal an. Warum ist es ihm nicht vorher aufgefallen? Ist hier das Licht besser oder hat er langsam seine Panik verloren?

Ist die Frau auf dem Foto eine Sexpuppe?

Die Tür öffnet sich und die beiden Kommissare betreten den Raum und begrüßen ihn.

Er schildert fürs Protokoll, das, was er gestern Abend berichtet hat.

Der Kommissar Holger Meiners notiert alles. Er zeigt ihnen das Foto und sagt:

„Kann die weibliche Person darauf eine Sexpuppe sein?"

Andrea wirft ihm einen erstaunten Blick zu. Holger Meiners ist alarmiert.

„Eine Sexpuppe? Zeigen Sie mir das Bild."

Die drei starren jetzt auf das Foto.

„Bitte vergrößern Sie es."

Andrea blickt bei diesem Satz auf den Bildschirm. Er zittert etwas, bevor er mit dem Finger darüber streicht. Das Foto wird immer größer. Dadurch sind Details zu sehen. Alle drei konzentrieren sich jetzt darauf was das Bild hergibt.

„Es ist bearbeitet worden!", stellt Holger fest.

„Bitte diesen Bildausschnitt etwas größer", er zeigt auf die Ecke rechts oben.

Detaillierter ist es nicht möglich. Die Grenze des Machbaren ist erreicht.

Andrea sieht vom Foto hoch und trifft die Feststellung:

„Das Bild ist bearbeitet worden!"

Holger nickt dazu, denn genau das hat er kurz vorher gesagt.

„Es ist eine Sexpuppe!", die nächste Feststellung von Andrea.

Jetzt nicken beide Männer dazu. Alle drei sind einer Meinung.

„Besitzen Sie ein solches Spielzeug, Herr Meyer?"

Andrea Hellier schaut nach ihrer Frage in das Gesicht des Befragten.

Es verfärbt sich. Eine knallrote Rübe, nein ein roter Mund antwortet ihr leicht stotternd.

„Ja, früher mal. Ausgeliehen!"

Die Kollegen sehen ihn verblüfft an. Das wird ja immer bunter, denkt Holger.

Dass er selber mal eine Sexpuppe benutzt, ist fern seiner Vorstellungskraft.

„Jetzt stelle ich ihnen eine dumme Frage, Herr Meyer. Warum haben Sie sich eine ausgeliehen?"

„Vor ein paar Jahren, kurz nach dem Abi, hat einer aus der Gruppe sich eine gekauft. Die sind ja nicht teuer. Wir haben damals Videos gedreht und Fotos geschossen. Es war ein riesiger Spaß."

„Wurden sie ins Internet gestellt?"

Andrea beobachtet Emil Meyer nach ihrer Frage. Sein Gesicht hat wieder seine normale Farbe angenommen.

„Keine Ahnung! Es war nur ein riesiger Spaß für uns".

„Ihre Anzeige haben wir aufgenommen, Herr Meyer. Ihr Problem lösen wir gemeinsam. Bitte halten Sie sich an unsere Anweisungen."

„Danke, Frau Kommissarin!"

Die drei verabschieden sich voneinander.

Kapitel 41

Marco Leismann, der Seilakrobat und Sargträger sieht den älteren Mann auf dem Friedhof stehen. Sie schreiten an ihm vorbei zur Grabstelle. Lassen den Sarg hinunter in das dunkle Loch. Der Pastor spricht, wie üblich, einige Segenswünsche am Grab und die Trauergemeinde tritt heran und wirft Sand, eine rote Rose oder Rosenblätter auf den Sargdeckel. Sie selber sind zur Seite getreten und gehen dann zurück zur Kapelle.

Er muss heute mit dem Bestatter Louis Lankau sprechen und ihm seine Kündigung geben.

Ein neuer Lebensabschnitt fängt an. Er freut sich darauf. In Braake/Aue wird er nicht bleiben. In den letzten Tagen haben sich erfolgreiche Zukunftsperspektiven ergeben. Ein anderes Leben steht vor ihm.

Alles mit langer Hand vorbereitet. Jetzt versucht er, die Früchte zu ernten, die er gesät hat.

Lohnt es sich überhaupt, eine Anzeige wegen des Vorfalls am Sonntag zu erstatten? Er verlässt Braake/Aue sowieso und bricht zu neuen Ufern auf.

Er muss nur seine Sachen holen und dann ist diese Stadt Vergangenheit. Sein Eigentum passt in einen

Koffer. Geld braucht er nicht einzupacken, das ist Zinsen bringend angelegt. Ja, er hat vorgesorgt.

Mit Dorle redet er nachher. Sie versteht ihn.

Was hat der alte Mann auf dem Friedhof zu suchen?

Arbeitet er mit der Polizei zusammen?

Kapitel 42

Simon, Andreas Freund,schaut in ein Gesicht, das er kennt. Er hätte schwören können, dass seine geschiedene Frau in Braake/Aue ist. Nur sie ist es nicht!

Diese Person vor ihm blickt ihn erstaunt an. Damit hat sie nicht gerechnet, dass er hinter ihr herläuft. Normalerweise reagiert er besonnener. Sie kennt ihn von früher und weiß genau, was ihr nicht erlaubt ist. Aber jetzt hat sie Oberwasser.

Wenn er nur geahnt hätte, dass es diese Person ist, wäre er am Auto stehen geblieben.

Simon entschuldigt sich umgehend bei ihr für sein Verhalten.

Sind die Worte nicht bei ihr angekommen? Sie benimmt sich ausgesprochen zickig. Typisch! Die Jahre haben sie nicht verändert.

„Wie früher! Du bist der alte Schuft geblieben! Was soll diese Anmache! Mich zu berühren. Du bist hinter mir hergelaufen und nicht umgekehrt."

„Ja, das stimmt!", antwortet er ihr.

Damit bringt er diese Frau nur noch mehr in Rage.

„Ich rufe die Polizei", schreit sie ihm entgegen.

„Mache es!"

„Du hast mich schon mal gestalkt", wirft sie ihm vor.

„Jetzt werden Tatsachen von Dir verdreht, es war genau umgedreht", antwortet er ihr.

Sie fängt an zu lachen.

„Seit wann bist Du in der Stadt?", fragt er, weil ein Gedanke durch seinen Kopf schießt.

Wieder ein Schnauben von ihr.

Er ist nicht früher auf die Idee gekommen, dass sie für die Zettel an seinem Auto verantwortlich ist. Aber ist sie es oder gibt es eine andere Liebesverrückte?

Dass sie seiner Exfrau so ähnlich sieht, das hat ihn früher in diese toxische Beziehung hineingeraten lassen. Deshalb ist er heute in dieser Lage. Scheiße!

Er greift zum Telefon und ruft im Kommissariat an und verlangt Andrea Hellier.

„Einen Augenblick bitte, ich verbinde Sie", tönt es aus dem Handy.

Das Durchstellen klappt, denn Andrea ist am Apparat.

„Hallo mein Schatz, ich habe ein Problem", teilt er ihr mit und erzählt, was vorgefallen ist. Sie hört sich alles in Ruhe an und verspricht mit Holger vorbei zu kommen. Außerdem nimmt die Kommissarin eine laute Frauenstimme, die schreit:

„Das stimmt alles nicht. Er lügt!"

Simon Albrecht steht regungslos da und wartet auf die Polizei! Sie schweigt, aber ihre Augen sprechen eine eigene Sprache, die sie später artikulieren wird.

Nach zehn Minuten hält der Polizeiwagen neben ihnen.

Andrea und Holger steigen aus.

Sie begrüßen ihn und seine Kontrahentin, die Simon, höflich wie er ist, mit Nicole Nussbaum, vorstellt.

Es klingt wie ein übler Scherz, was ihr Freund am Telefon angedeutet hat. Er wird gestalkt und findet Liebesbriefe an seiner Windschutzscheibe und jetzt hat er die vermutliche Täterin gestellt. Aus Versehen, weil er im ersten Augenblick vermutet hat, dass seine ehemalige Frau schon jetzt in Braake/Aue eingetroffen ist. Dabei findet die Hochzeit der Kinder erst in drei Wochen statt.

Die Frau streitet alles ab.

Ihr Kollege notiert Namen und Anschrift von ihr. Sie wohnt seit kurzem im Ort.

Simon stellt eine Strafanzeige, die Holger aufnimmt.

„Sie überlegt es sich, ob sie den Verrückten anzeigt", teilt sie Kommissar Meiners mit.

Simon hat den Zettel, der an der Windschutzscheibe hing, in der Tasche. Andrea hält ihm einen Asservatenbeutel hin, sodass er ihn dort hinein wirft.

Verkniffen schaut Frau Nussbaum sich diesen Vorgang an.

Sie benötigen ihre Fingerabdrücke.

Der Kommissar bittet sie mit auf die Wache zu kommen. Sie weigert sich erst, doch Holger redet geduldig mit ihr, sodass sie letztlich einsteigt.

Andrea verabredet sich mit Simon für heute Abend. Sie hat Gesprächsbedarf. Er hat ihr viel aus seinem früheren Leben erzählt. Dieses Kapitel kennt sie nicht. Hat die Vorgeschichte zu heute Sprengstoff im Gepäck?

Kapitel 43

Andrea und Holger sind auf dem Weg ins Kommissariat, als Andreas Telefon klingelt. Die „Stalkerin" sitzt hinten im Auto.

Andrea nimmt das Gespräch entgegen, meldet sich mit: „Kommissarin Hellier," und hört zu.

„Ja, es hat seine Richtigkeit, Herr Rapport, das HB-Männchen gehört zur Ausstellung in der Galerie Werner. Lassen Sie sich den Ausweis von Frau Hermann zeigen, und eine Quittung unterschreiben, dass Sie ihr das Fundstück ausgehändigt haben", antwortet sie dem Friedhofsverwalter.

„Danke, Frau Kommissarin! Tschüs!"

„Auf Wiedersehen."

Andrea Hellier beendet das Gespräch und wendet sich wieder Holger zu und fragt ihn:

„Ob die Sexpuppe, die mir als Leiche gemeldet wurde, noch bei der Straßenreinigung ist?"

„Du meinst die Einsatztruppe „Tatortreiniger" hier aus Braake/Aue", antwortet Holger ihr und grinst in sich hinein.

Andrea kann sich ein Lächeln nicht verkneifen und sagt:

„Da war nicht viel am Tatort zu reinigen!"

„Wie recht Du hast."

Andrea greift zu ihrem Handy, um die Straßenreinigung anzurufen.

Die Frau auf dem Rücksitz hört dem Gespräch zwischen den beiden aufmerksam zu.

„Tuuut, tuuut", ertönt es aus der Telefonleitung. Verheißungsvoll – nicht besetzt!, freut Andrea sich, weil sie hofft, dass sie endlich in ihrem Fall weiter kommen. Sie wird enttäuscht, denn bei der Straßenreinigung nimmt keiner ab.

So früh Feierabend?, fragt sich Andrea und schaut zur Sicherheit auf ihre Uhr. Dabei streift ihr Blick den Ring, den sie seit kurzem trägt. Holger ist er aufgefallen.

Heute Abend kommt Simon zu ihr. Sie ist gespannt, was er zu erzählen hat.

Im Spiegel sieht sie den aufmerksamen Blick, ihrer Mitfahrerin.

Mal sehen, was diese Frau auf dem Kerbholz hat. Sie hat vorhin, als das Gespräch beendet war, kurz in der Dienststelle angerufen und gebeten, dass der Kollege, der am Apparat war, ihr Angaben zu dieser Person, in deren Augen sie in diesem Moment blickt, heraussucht.

Wieder fällt ihr Blick auf den Ring. Ein schlichter Platinring ohne Edelsteine, genau ihr Geschmack.

Kapitel 44

Im Augenblick passiert eine Menge und doch kommen sie in ihrem Fall keinen Schritt voran. Hilft die Untersuchung der Sexpuppe ihnen weiter? Halten sich Fingerabdrücke auf Kunststoff? Fragen, die sie sich stellen. Wichtig ist es schon, zu wissen, wo sich dieser Fund befindet. Hoffentlich nicht entsorgt. Dann wären die Spuren, die darauf verteilt sind, für immer verschwunden.

Holger und sie haben unabhängig voneinander in der Datenbank versucht einen Fall von Erpressung hier in Braake/Aue und Umgebung zu finden. Nichts! Daraus ist zu schließen, dass die Täter ein unsauberes Gewerbe aufbauen.

Ist Nicole Nussbaum, die sie mit zur Wache genommen haben, darin verwickelt? Sie haben mit ihr gesprochen, die Frau nicht vernommen. Ihr Fingerabdrücke für weitere Ermittlungen abgenommen. Weshalb lebt sie hier im Ort? Die Antwort von ihr war unbefriedigend.

„In Braake/ Aue habe ich nur glückliche Stunden erlebt. Hier ist meine Heimat."

„So glücklich können sie nicht gewesen sein, wenn Herr Albert sie damals wegen Stalken angezeigt hat und er eine Verfügung erwirkt hat."

Holger schaut sie aufmerksam nach seiner Antwort an.

Frau Nussbaum öffnet den Mund. Nicht um zu reden , sondern um Luft einzuatmen. Ihr Gesicht verfärbt sich. Die Kommissare sehen sich an und beobachten sie weiter.

Was kommt jetzt?, schießt es Andrea durch den Kopf. Da beginnt die laute Schimpftirade.

„Was für mich Glück bedeutet können Sie nicht ermessen, Sie ungehobelter Prolet."

Holger wird puterrot im Gesicht. Er hält den Mund.

Gut so!, denkt Andrea und antwortet Ihr:

„Haben Sie vergessen, dass Beamte vor ihnen stehen? Das war eben Beamtenbeleidigung! Eine Strafanzeige folgt."

Frau Nussbaum sieht erst Andrea und dann Holger an. Sie antwortet nicht.

Ist der Straftatbestand bei ihr angekommen? Die Kommissarin ist sich da nicht so sicher.

Verbale Äußerungen dieser Art dürfen nicht ungestraft bleiben.

Zu ihrem Verhältnis zu Simon Albrecht befragt, behauptet sie nach wie vor, dass er sie damals gestalkt hatte, und er sie heute wieder verfolgt hat.

Andrea fällt der Zettel ein, den Simon an der Windschutzscheibe gefunden hat. Sie befragt Frau Nussbaum dazu.

„Der Zettel stammt nicht von mir. So etwas würde ich nie verfassen. Den hat er selber fabriziert. In seinem Kopf befindet sich ein Hirn, mit dem er Müll produziert so wie damals. Der Psychopath gehört dringend behandelt, sonst bringt er jemanden um. Ich habe früher um mein Leben gefürchtet. Der tötet! Es ist nur eine Frage der Zeit, wann es geschieht. Seine jetzige Partnerin ist in Gefahr. Nach diesem heftig und mit unterdrückter Wut ausgesprochenen Worten, sieht sie Andrea eindringlich an.

„Mir glaubte damals ja keiner. Männer halten immer zusammen!"

Kapitel 45

Andrea ist auf dem Weg von der Dienststelle nach Hause. Feierabend! Ihr Fahrrad steht seit heute Morgen dort und ist nicht gestohlen worden, wie es ihr vor einiger Zeit passiert ist.

Den Dieb hat sie damals gefunden. Vom Dienstwagen aus entdeckt. Sie waren mit einem Mordfall beschäftigt. Den haben sie gelöst. Nicht zu dem Zeitpunkt, sondern später.

Seit dieser Zeit achtet sie akribisch darauf, dass das Fahrrad immer abgeschlossen ist.

Ihr kommt ein E-Scooter entgegen. Auf der falschen Seite. Kurz vorher zu ihrer Straßenseite hinüber gewechselt. Schnell zwischen den Autos hindurch. Ein schwarzer Wagen hat laut gehupt. Nicht das Auto, sondern der Fahrer! Hat der Scooterfahrer ihm den Stinkefinger gezeigt?

Andrea vermutet es. Frechheit, denkt sie. Von Verkehrsregeln hat er keine Ahnung. Der braucht eine Schulung!

Warum kommt er ihr entgegen?

Kaum hat sie den Gedanken im Kopf. Da versucht er, sie mit dem E-Scooter zu rempeln. Was war das? Hat die männliche Person sie als Polizistin erkannt? Das kann nicht sein, da sie zivile Kleidung trägt.

Der hatte die Absicht, sie zu berauben! Jetzt fällt es ihr wieder ein. Vor kurzem hatte Holger von einem Dieb mit E-Scooter berichtet.

Die Taschendiebe werden immer dreister. Scheiße!

Zum Glück ist ihr nichts passiert.

Sie dreht sich in die Richtung, in die er gefahren ist, um. Er ist nicht mehr zusehen. Der ist mit Speed unterwegs.

„Na, Frau Kommissarin, das war knapp. Sie haben sich gut gehalten. Die jungen Leute werden aber immer frecher. Jetzt schon eine Polizistin vom Fahrrad zu holen. Eine Frechheit!"

Andrea Hellier dreht sich und sieht ihren „Freund und Helfer" vor sich.

„Ach Herr Meyer-Roth. Ja, da hat nicht viel gefehlt, aber das hat er nicht geschafft. Haben Sie gesehen, wo er hingefahren ist?"

„Klar!", sagt er und zeigt in die Richtung, in die Andrea geschaut hat.

Natürlich, dorthin ist der junge Mann gefahren. Nur wohin ging sein Weg nach der Kurve?

„Gut, dass ich Sie treffe. Mir ist etwas aufgefallen. Ich glaube, dass ich den „Totengräber" kenne, von dem die „Tratschtanten" gesprochen haben. Ich habe ihn observiert und wollte ihn schon ins Kommissariat bringen. Hat nicht geklappt, weil er beschäftigt war."

Herr Meyer-Roth sieht sie erwartungsvoll an.

„Sie kennen den Mann?", Andrea ist erstaunt.

Hoffentlich bringen diese Informationen sie in der Ermittlung weiter. Das Puzzle scheint groß zu sein, und die entscheidenden Teile fehlen.

„Der „Totengräber" hat mir gegenüber erwähnt, dass er der Seilakrobat ist, der mit dem Farbbeutel beworfen wurde. Wie gesagt, wollte ich ihn mitnehmen, damit er eine Anzeige macht."

„Herr Meyer-Roth, wo haben sie ihn observiert?" Andrea sieht den älteren Mann fragend an.

„Auf dem Waldfriedhof. Bei der Beerdigung von „Lankau Bestattungen", um 14 Uhr, war er einer der Sargträger", antwortet er ihr mit hörbarem Stolz in der Stimme.

„Saubere Recherche", lobt Andrea ihn.

„Aber seien Sie vorsichtig bei ihrer Detektivarbeit. Nicht das Sie in Schwierigkeiten geraten, und wir Sie dabei verlieren", ergänzt Andrea besorgt ihren Satz.

„Frau Kommissarin, dass Sie sich um mich sorgen, aber einem alten harmlosen Mann tut keiner etwas."

„So, so, das glaube ich nicht. Haben Sie bei ihrer Observation entdeckt, wo der „Totengräber" wohnt?"

„Nein, bis jetzt nicht. Außerdem habe ich nicht gesehen, wo der Rüpel nach der Kurve hingefahren ist. Leider!", er sieht sie bei seiner Antwort treuherzig an.

„Tschüs, Frau Kommissarin, ich muss los. Die Chefin wartet."

Kaum ist er fertig mit seinem Satz, da entfernt er

sich schon.

„Tschüs, Herr Meyer-Roth", antwortet sie ihn. Doch er hat sich abgewendet und geht zügig weiter.

Andrea bleibt kurz stehen, um zu überlegen, was sie für heute Abend zum Abendbrot benötigt. Simon kommt zu ihr. Sie freut sich auf ihn.

Während sie ihren Ärmel zurückstreift, um auf ihre Uhr zu schauen, fällt ihr Blick wieder auf den Ring, den Sie seit Kurzem trägt. Das ist ein Schmuckstück nach ihrem Geschmack, stellt Andrea fest.

Kapitel 46

Nachdem Marco seine Arbeit bei der Beerdigung erledigt hat, sucht er seinen Arbeitgeber Louis Lankau. Er ist auf dem Friedhof nicht mehr zu sehen. Hat er Feierabend? Seine Mitarbeiterin hat sich schon aus der Kapelle entfernt. Klar, sie hat ihre Aufgabe erledigt. Jetzt bleibt ihm nur die Kündigung im Büro abzugeben.

Er verlässt den Friedhof und überquert die Straße nicht bei der Ampel. Nein, lebensmüde ist er nicht. Aber die Geschwindigkeit des fließenden Verkehrs abzuschätzen ist kein Hexenwerk. Wenn man in Gedanken versunken ist, ist es nicht ungefährlich.

Er schreckt hoch, als die Autos laut hupen. Scheiße! Zum Glück ist ihm nichts passiert. Er hebt die Hand, um sich zu bedanken.

War in dem hellgrauen Fahrzeug, das laut gehupt hat nicht Dorle, die Chefin vom roten Hahn. Bei wem sitzt sie im Auto?

Sein Blick fällt auf das Nummernschild. Es ist nicht lesbar. Braucht er eine Brille? Fatal in seinem Beruf. Nein, es ist schmutzig. Dadurch sind die einzelnen Zahlen oder Buchstaben nicht klar zu erkennen. Er sieht hinter dem Auto her.

Den Fahrer hat er so schnell nicht wahrgenommen. Er trug eine Sonnenbrille und eine Cap. Hat er sich zurückgelehnt, um nicht erkannt zu werden? Das wäre möglich, aber mit Sicherheit kann er es nicht sagen. Er kramt in seinem Gedächtnis, ohne Erfolg.

Mittlerweile hat Marco die Straße überquert und steht vor dem Büro des Bestatters Louis Lankau. Fast den Türgriff an. Die Tür ist verschlossen, also ist es nicht besetzt. Gut, dann setzt er sich eben telefonisch mit ihm in Verbindung. Das Kündigungsschreiben wirft er den Briefkasten.

„Das ist erledigt", sagt er leise zu sich selber und eilt jetzt schnellen Schrittes in die Richtung Innenstadt, wo er im „Roten Hahn" sein Zimmer hat.

In Gedanken geht er das Gespräch, das er noch mit Dorle führen muss, durch. Hoffentlich findet er die richtigen Worte.

Mittlerweile ist er in der Fußgängerzone angekommen. Die Tische in der Eisdiele sind fast alle besetzt. Er mustert die Leute, die den Nachmittag entspannt genießen. Das ist ja interessant, was in sein Blickfeld gerät.

Da sitzt Louis Lankau, der sich mit einer Frau in einem intensiven Gespräch befindet. Es wirkt intim, so, als wenn die beiden ungestört sein wollen.

Er ist im Begriff weiter zu gehen, als der Kellner ihn anrempelt. Hat er ihn absichtlich den Ellenbogen in die Seite gerammt? Das wäre diesem Rüpel zuzutrauen, denn er hasst ihn.

„Aua", ein leichter Schrei entweicht seiner Kehle.
Der Kellner grinst und stolziert mit dem Tablett weiter, um das Eis an einen der äußeren Tische abzustellen.
Kein Wort der Entschuldigung! Typisch für ihn!, denkt Marco und ist im Begriff weiterzugehen.
Da hebt Louis Lankau den Blick, entdeckt ihn und winkt den jungen Mann an seinen Tisch.
„Hallo Marco, alles im grünen Bereich. Darf ich dir Frau Lesko vorstellen?" Höflich wie sein Chef ist, stellt er ihn seiner Begleiterin vor.
„Marco, möchtest Du ein Eis? Ich lade dich dazu ein", sagt er und rückt mit der rechten Hand den leeren Stuhl zurecht.
„Gerne!"
Er setzt sich und alle drei unterhalten sich lebhaft miteinander. Beim Gespräch erwähnt Marco, dass er sein Kündigungsschreiben in den Briefkasten geworfen hat, und erzählt ausführlich von seinen neuen Plänen.

Kapitel 47

Andrea hängt ihre Jacke auf und setzt sich an ihren Schreibtisch. Sie überlegt, was heute zu erledigen ist, als ihr Telefon klingelt. Sie nimmt ab und melde sich mit:

„Kommissarin Hellier."

Hört am anderen Ende eine aufgeregte Stimme, die sich mit Renate Hermann meldet und sie sofort mit ihrem Anliegen überfällt. Die Sätze sind nicht verständlich. Sie nimmt den Namen Dorle, „Roter Hahn" und telefonisch seit Tagen nicht zu erreichen wahr.

„Hallo Frau Hermann bitte schildern Sie mir ihr Anliegen erneut. Ich habe Sie nicht verstanden."

„Was ist daran nicht zu verstehen", kommt es jetzt durch den Äther.

Oh, die ist wieder auf Krawall gebürstet. Wie so oft! Andrea schluckt drei Mal trocken bevor sie weiter am Telefon spricht.

„Sie meinen, dass es im „Roten Hahn" zu einem Vorfall gekommen ist", fasst die Kommissarin das Verstandene zusammen.

„Ja, kommen Sie sofort. Da ist etwas passiert."

„Ja, wir treffen uns in ein paar Minuten dort", antwortet sie, um die Anruferin zu beruhigen. Verabschiedet sich und legt den Hörer auf.

Mittlerweile hat Holger das Büro betreten.

„Moin, Kollege wir sind gefragt. Die Jacke kannst Du anbehalten."

„Wo ist der Einsatzort?"

„Zum „Roten Hahn". Frau Hermann war eben am Telefon. Sie bittet uns, dort nach dem Rechten sehen", antwortet sie ihm.

„Gibt es einen Grund?"

„Nach ihrem Empfinden schon. Im „Roten Hahn", ist keiner zu erreichen."

„Ist Frau Hermann nicht in der Galerie Werner angestellt? Was hat sie mit dem Lokal zu tun? Putzt sie etwa dort?"

„Wie kommst Du auf diese Idee - Putzen?" Andrea sieht ihn verdutzt an.

„Weil Sie zu so früher Stunde anruft", antwortet er ihr.

„Ach so!" Andrea schlägt sich leicht gegen die Stirn.

Beide verlassen das Büro und fahren mit ihren Fahrrädern zur Gaststätte. Stellen diese an die rote Backsteinwand und schließen sie ab.

Frau Hermann sehen sie schnellen Schrittes, aus der Marktstraße, auf sie zu kommen.

„Wollte sie nicht an dem Lokal auf uns warten", fragt Holger erstaunt.

Andrea nickt.

„Ich habe den Schlüssel für die Hintertür vergessen und bin schnell nach Hause gelaufen, um ihn zu holen",

erzählt sie ihnen leicht atemlos.

„Den benötigen Sie, wenn alle Türen verschlossen sind. Dorle, meine Freundin, hat ihn mir vor Jahren gegeben",

folgt jetzt mit ruhigerer Stimme die weitere Erklärung.

Gemeinsam schauen sie in das große Restaurantfenster und fassen an die Außentür. Die ist verschlossen. Sie erblicken das Schild „Betriebsferien", das hinter der Türscheibe hängt.

„Das hing am Montag, als wir verabredet waren, nicht dort", bemerkt die Freundin und zeigt darauf.

Sie gehen durch den schmalen Gang zur Rückseite des Gebäudes und fassen an die Hintertür. Ebenfalls verschlossen!

„Seit wann erreichen Sie ihre Freundin nicht mehr?", fragt Holger.

„Am Montag waren wir in der Eisdiele verabredet. Sie ist nicht gekommen und war telefonisch nicht zu erreichen."

Sie gehen weiter und Andrea sieht durch das Küchenfenster einen Mann, der sich nach unter über etwas beugt. Liegt ein Mensch auf dem Boden? Holger, der hinter ihr ist, hat es ebenfalls gesehen.

„Frau Herman, geben Sie mir bitte den Schlüssel für

die Hintertür und warten hier."

Ohne diese Anweisung zu hinterfragen, befolgt sie diese.

Andrea schließt die Tür leise auf, und die Beamten betreten nacheinander den Flur. Beide haben ihre Waffe griffbereit. Sie öffnen die Küchentür und Holger ruft:

„Umdrehen und Hände hoch."

Der Mann folgt ihren Anweisungen.

„Dorle ist tot", kommt es aus seinem Mund.

Kapitel 48

Die Kommissarin Andrea Hellier betritt ihr Haus. Das Telefon klingelt. Sie meldet sich mit:

„Hellier."

Es ist ihre Tochter Miriam, die aufgeregt klingt:

„Hallo Mutti."

„Na, meine Süße, was bedrückt dich?"

„Ach", eine kurze Pause.

„Hoffentlich platzt unsere Hochzeitsfeier nicht."

Andrea fährt ein Schreck durch die Glieder. Was ist da los? Hat Philipp es sich anders überlegt? Ist doch etwas zwischen den Freunden? Nein, das ist geklärt worden. Jung sind sie beide und können deshalb mit der Hochzeit noch warten. Oder hat Miriam Muffensausen? Aber dann würde sie nicht so aufgeregt klingen.

„Was ist los, meine Süße?"

Sie ist jetzt auf das Schlimmste gefasst.

„Wir erreichen keinen im „Roten Hahn". Philipp und ich haben es mehrfach telefonisch versucht. Stimmt es, dass dort ein Toter gefunden wurde? Wo bekommen wir so schnell ein neues Lokal her?"

„Ja, Miriam ein Todesfall liegt vor. Das Haus ist geschlossen. Bis zur Hochzeit sind es fast drei

Wochen. Bis dahin ist das Problem mit Sicherheit gelöst."

Mit diesen Worten schafft es Andrea, ihre Tochter zu beruhigen.

„Danke, Mutti! Wir sehen uns! Tschüs!"

„Tschüs, Miriam", antwortet Andrea. Sie hat den Eindruck, dass ihre Tochter bereits aufgelegt hat.

Sie packt die Einkäufe aus, da klingelt erneut das Telefon.

Das wird doch nicht Simon sein, der für heute Abend absagt. Dabei hat sie so viel mit ihm zu bereden. Außerdem will sie ihm ihren neuen Ring zeigen.

Nein, es ist nicht ihr Freund, der sich am Telefon meldet, sondern Simone.

„Hallo Andrea, hast Du Zeit für ein Treffen?"

„Gerne, Kaffeeklatsch zu zweit oder ein leckeres Essen zu viert?"

Andrea nimmt ein Zögern am anderen Ende wahr, bis Simone ihr antwortet:

„Ich habe nur an uns zwei gedacht. Es gibt viel zu erzählen."

Andra fährt der Schreck in die Glieder und sie fragt sofort:

„Ist etwas mit den Zwillingen? Oder hast Du andere Probleme?"

„Nein, die kleinen Quarkbüdel sind gesund. Nur", Simone zögert, bevor sie weiter spricht.

„Ist zwischen dir und deinem Freund alles in Ordnung?"

Andrea fällt vor Erstaunen die Kinnlade runter. Sie fasst sich nach kurzer Zeit und fragt:

„Wie kommst Du auf diese Idee?"

Leicht stotternd antwortet ihre Freundin:

„Ich will dich nicht beunruhigen, um Gottes Willen. Nur Simon ist in letzter Zeit öfters mit anderen Frauen gesehen worden."

Andrea antwortet spontan:

„Simon treffe ich gleich. Mal sehen, was er dazu sagt. Verabreden wir uns für nächste Woche Dienstag so gegen 16.30 Uhr?"

„Gerne."

Beide wechseln ein paar belanglose Worte miteinander und verabschieden sich dann voneinander.

Was hat ihr Anruf zu bedeuten? Macht sie sich Sorgen um die Beziehung zwischen ihr und Simon oder steckt etwas anderes dahinter? Aber was? Mit welchen Frauen hat sie ihn gesehen und wie sahen die Situationen aus? Diese Fragen schwirren durch ihren Kopf. Ein Bild taucht vor ihrem inneren Auge auf.

Kapitel 49

Simon freut sich auf das Abendessen bei Andrea. Das Geschenk für seine Freundin hat er in der Hosentasche. Er ist gespannt auf ihr Gesicht, wenn sie das Präsent auspackt. Sie wird vor lauter Freude strahlen. Er hat genau das Richtige für Andrea gekauft, da ist er sich sicher. Einen Ring! Ein Symbol für ihre Liebe.

Seit Andrea ihren Mann für tot erklärt hat, trägt sie den Ehering nicht mehr. Jetzt sein Ring am Finger! Ja, das wäre genau der richtige Zeitpunkt.

Ihre Kinder – sein Sohn Philipp und ihre Tochter Miriam - heiraten demnächst. Ein Fest für die gesamte Familie.

Seine Exfrau ist zur Hochzeit eingeladen. Sie sind schon lange geschieden und kommen gut miteinander aus.

Die Stalkerin hat Andrea mit zur Wache genommen. Er ärgert sich immer noch darüber, dass er diese Person mit seiner Exfrau verwechselt hat. Die Ähnlichkeit von hinten ist frappierend. Seine Vergangenheit, die toxische Beziehung mit dieser Frau, gehört einer anderen Zeit an. Sie hat mit Sicherheit die Zettel hinter seiner Windschutzscheibe deponiert. In Gedanken versunken kommt er an der Haustür an und klingelt. Andrea öffnet ihm mit einem Lächeln auf den Lippen.

„Simon, mein Schatz. Ich habe auf der Terrasse gedeckt. Ist Dir doch recht?"

Er nimmt sie in den Arm und gibt ihr einen dicken Kuss. Sie erwidert ihn und klammert sich an ihren Freund, weil ihr die Beine drohen wegzuknicken. Die Schmetterlinge in ihrem Bauch fangen an zu flattern. Der Mann küsst himmlisch, schießt es ihr durch den Kopf und sie gibt sich ihm hin.

Ob er die anderen Frauen, die Simone beim Telefonat erwähnt hat, so küsst? Ist sie eifersüchtig? Hinterfragt sie ihre Beziehung? Diese Gedanken schwirren ihr durch den Kopf und verschwinden so schnell wieder, wie sie aufgeblitzt sind.

Ich liebe ihn, diesen Mann mit dem liebevollen Wesen.

Beide lösen sich voneinander und gehen auf die Terrasse und setzen sich einander gegenüber.

Simon sieht sie liebevoll an und fragt:

„Wie war dein Tag?"

Andrea überlegt, ob sie ihm gleich von dem Gespräch, das Simone mit ihr geführt hat, erzählt. Sie entscheidet sich dagegen und berichtet.

Sie bemerkt seinen Blick, als sie anfängt, mit ihren Händen gestikulierend, ihre Story zu erzählen. Wo sieht er hin, was erregt seine Aufmerksamkeit?

Er unterbricht sie und fragt:

„Der Ring?"

Sie schaut darauf und antwortet:

„Was ist damit?"

„Wie kommt der Ring an deinen Finger?"

Andrea fängt an zu lachen:

„Aufgesteckt! Das ist nicht schwer. Willst Du es ausprobieren?"

„Woher hast Du den Ring?"

Andrea schaut ihn erstaunt an. Was hat diese Frage zu bedeuten? Ist Simon eifersüchtig? Vermutet er, dass sie den Ring eines anderen Mannes trägt?

„Oh, werde ich verhört? Das ist doch mein Part im Beruf", antwortet sie lakonisch.

Simon greift in seine Hosentasche und holt die Hand sofort wieder heraus. Sein Geschenk bleibt in der Tasche, beschließt er für sich.

Andrea hat den Griff bemerkt. Was hat er zu bedeuten? Sie kann sich keinen Reim daraus machen.

„Simone hat mich heute angerufen", teilt sie ihm mit.

Er sieht sie an und sagt mit ruhiger Stimme:

„Wechselst Du das Thema. Eine Antwort habe ich noch nicht von dir nicht erhalten!"

„Sie hat mich gefragt, ob in unserer Beziehung alles in Ordnung ist."

„Wie kommt Simone auf diese Idee?"

Er sieht Andrea erstaunt an und sucht dann ihren Blick.

„Sie hat dich mit Frauen gesehen."

Simon lacht laut auf.

„Andrea, mir ist nicht klar, was sie bemerkt hat. Auf jeden Fall habe ich kein Verhältnis mit einer anderen Frau. Ich liebe dich!"

Beide kommen sich entgegen und Simon nimmt Andrea in den Arm und ihre Lippen finden sich sofort.

Ihre Meinungsverschiedenheit ist behoben.

Simon nimmt sich vor, nicht mehr zu fragen, wer ihr den Ring geschenkt hat.

Kurze Zeit später, nachdem Andrea ihnen einen Schluck Sekt eingeschenkt, greift er in die Hosentasche.

Er legt das verpackte Teil, was er dort heraus geholt hat, auf den Tisch und öffnet es.

Beide schauen hinein. Andrea ist perplex. Jetzt fängt sie laut an zu lachen. In der Schachtel findet sie einen Ring, der zu dem gehört, den sie am Finger trägt.

Simon liegt diese bestimmte Frage auf den Lippen, die er nicht mehr unterdrücken kann und deshalb ausspricht:

„Von wem hast Du den Ring?"

Andrea lacht immer noch und antwortet kurze Zeit später:

„Es gibt Geheimnisse im Leben einer jeden Frau. Möchtest Du dieses lüften? So antworte mit ja."

„Ja!", tönt es aus seinem Mund.

„Ich habe mir den Ring beim Juwelier Hermann in der Fußgängerzone gekauft."

„Du selber?"

Andrea lacht laut los. Er stimmt ein.

Von seinem Herzen fällt ein Stein. Kein anderer Mann hat ihr dieses Liebespfand geschenkt.

Kurze Zeit später fragt sie:

„Darf ich ihn anprobieren?"

„Klar! Er ist für dich mit Liebe ausgesucht."

Simon steckt ihn ihr an. Er sitzt wie angegossen. Beide Ringe nebeneinander, das hat was, stellt sie für sich fest.

„Danke mein Schatz! Wie hast Du die richtige Größe herausbekommen?"

„Das bleibt mein Geheimnis", antwortet er ihr zärtlich und lächelt dabei. Ihre Münder finden sich.

Kapitel 50

Als sie die Tür zur Küche öffneten, steht der Täter neben der Leiche und teilt ihnen teilnahmslos mit:
„Dorle ist tot."
Er hat eine Flasche in der Hand, die die Tatwaffe sein könnte.
Holger schreit:„Legen Sie sie auf den Tisch."
Sie entgleitet seinen Händen und trifft die Leiche. Er stammelt:
„Dorle, das wollte ich nicht, dir wehtun."
Der ist aber von der Rolle, denkt Andrea.
Sie sieht, dass er sich umdreht und schnell die Tür öffnet, die vor ihm liegt, um den Raum zu verlassen.
Bevor sie reagiert, hört sie den Kollegen rufen:
„Halt, stehen bleiben, oder ich schieße!"
Der Verdächtige stoppt. Holger rennt zu ihm.
„Ich will nur eine Decke holen. Dorle zudecken", stammelt er.
Er legt ihm Handschellen an.
Frau Hermann drängt an der Kommissarin vorbei, um den Raum zu betreten. Sie fängt laut an zu schreien.
Andrea schiebt sie zurück und versucht, die Frau zu beruhigen:

„Bleiben Sie bitte im Flur. Sie brauchen keine Angst zu haben. Ich bin in ihrer Nähe"

Andrea Hellier holt ihr Handy heraus, um die Kollegen in der Dienststelle anzurufen, als Frau Hermann leise wird und dann zu Boden sackt.

Die Kommissarin überprüft ihren Puls. Der ist kaum fühlbar.

Sie fordert den Rettungswagen mit Notarzt an.

Kontrolliert erneut den Puls, der jetzt stärker ist.

Greift wieder zum Handy und ruft der Dienststelle an. Maik ist am Apparat.

„Du, Kollege, wir haben hier eine Tote, einen vermeintlichen Täter und brauchen euch und die Spurensicherung. Wir sind mit dem Dienstfahrrad unterwegs."

„Wer ist bei dir, Andrea und wo befindet ihr euch?"

„Holger Meiners und ich sind hier vor Ort beim „Roten Hahn" in Braake/Aue."

„Das Lokal kenne ich. Wir kommen!"

Kurze Zeit später fahren sie mit Blaulicht vor. Den Rettungswagen im Schlepptau. Durch den Lärm bedingt, versammelt sich vor der Gaststätte eine Menschenmenge.

„Oh, Scheiße", flucht Andrea, als sie den Auflauf sieht.

„Die Gerüchteküche fängt an zu brodeln", setzt sie hinterher.

Holger nickt.

Als Marco Leismann, der junge Mann, zum Polizeiwagen gebracht wird, werden die ersten Handyaufnahmen geschossen.

Andrea sieht Holger an und meint:

„Mal sehen, was heute oder morgen in der Facebook-Gruppe „ Mein Braake/Aue", gepostet wird."

„Die sind schlauer als wir und haben den Täter mit allen Beweisen bereits verurteilt", antwortet Holger.

Kurze Zeit später wird die Leiche in die Gerichtsmedizin abtransportiert.

Frau Hermann ist mittlerweile wieder aus ihrer Ohnmacht erwacht. Der Notarzt versucht sie, zu weiteren Untersuchungen mit ins Krankenhaus zu nehmen.

Sie hält ihn davon ab. Seine Argumente überzeugen sie nicht.

„Die ist zäh und hört nicht auf jeden", meint Holger, nachdem der Rettungswagen abgefahren ist. Er hat zusammen mit Andrea den Wortwechsel zwischen den beiden verfolgt.

Die Kommissare gehen zu ihren Fahrrädern, um zurück zur Dienststelle zu fahren.

„Ich weiß jetzt, wo der Totengräber wohnt", hält eine Stimme sie vom Losfahren ab.

„Hallo Herr Meyer-Roth, hier mitten im Getümmel", begrüßt Andrea Hellier den älteren Herrn.

„Ach Frau Kommissarin, Sie wissen doch, wo etwas los ist, darf ich nicht fehlen", antwortet er ihr und strahlt sie an.

„Und wo wohnt er?"

Er grinst sie verschmitzt an.

„Mal raus mit der Sprache", fordert sie ihn auf, als er immer noch nicht antwortet.

„Im „Roten Hahn", kommt es jetzt aus seinem Mund.

Beide sehen ihn ungläubig an und Andrea fragt:„ Hier?"

Er nickt.

Kapitel 51

Auf dem Weg zurück ins Kommissariat halten die beiden Polizisten an der roten Ampel am Stadtring. Auf der anderen Seite sehen sie Emil Meyer stehen. Er winkt ihnen zu. Als die Farbe auf Grün wechselt, wartet er auf sie. Er begrüßt sie und fängt sofort an zu reden:

„Ich bin auf den Weg ins Kommissariat. Die Erpresser haben sich gemeldet. Sie stellen eine neue Forderung."

Er holt sein Handy aus der Tasche und zeigt ihnen die Nachricht.

„Kommen Sie bitte um 14 Uhr ins Kommissariat. Dann besprechen wir die Strategie", fordert Andrea ihn auf.

Die drei verabschieden sich voneinander.

Andrea und Holger fahren mit ihren Fahrrädern weiter. Bei der Dienststelle angekommen stellen sie diese ab und gehen nach oben, um sich zu besprechen.

„Du hast doch im Internet recherchiert, Holger. Hast Du das alte Video von Herrn Meyer in Aktion mit der Sexpuppe gefunden?"

„Nein, habe ich nicht entdeckt."

„Was wissen wir über die Eigentümer der Kneipe?"

„Den Namen habe ich dir aufgeschrieben. Er sagt mir nichts. Es hat ein Eigentümerwechsel vor zwei Monaten stattgefunden. Ob, das mit rechten Dingen zugegangen ist, wage ich zu bezweifeln."

„Was meinst Du mit der Aussage?"

„Er besitzt mindestens fünf Kneipen. Alle innerhalb der letzten Monate angeschafft."

„Liegt eine Anzeige vor?"

„Nein, Andrea, ich habe keine gefunden."

„Wir sind nicht weiter gekommen. Ich glaube, dass ich mir heute Abend mit Simon die Kneipe mal ansehe."

„Weiß er schon von seinem Glück?"

„Nein, damit überrasche ich ihn."

„Er wird sich freuen", Holger fängt an zu lachen.

Jetzt schaut er auf Andreas Hände.

„Oh, zwei Ringe! Hast Du mehrere Verehrer?"

„Kann man so nicht sagen", antwortet sie ihm mit einem Grinsen im Gesicht.

In diesem Augenblick fängt das Telefon anzuklingeln.

Holger greift zum Hörer und meldet sich:

„Kommissar Meiners."

„Oh, was ist denn so dringend, dass die Polizei gleich mehrere Male bei uns anruft? Muss wieder in einer Ecke aufgeräumt werden?"

„Nein! Haben sie noch die Sexpuppe, die bei den Büschen auf der Gänsewiese lag?"

„Ach, Sie haben wieder Interesse an dem Schmuckstück. Besteht Bedarf?", der Mitarbeiter vom Bauhof fängt an zu lachen.

„Klar, wir veranlassen, dass sie untersucht wird", antwortet Holger.

Der Anrufer verstummt für einige Sekunden.

Er vermutet schon, dass das Gespräch unterbrochen ist.

„Sie steht bei uns nackt in der Ecke. Sollen wir sie Ihnen bringen?"

„Ein Service! Danke, gerne! Bitte stecken Sie das gute Stück in eine Tüte."

„Wird erledigt, Sir!", tönt es aus dem Hörer.

Holger verabschiedet sich von dem Mitarbeiter, als es an der Tür klopft.

„Herein", ruft Andrea.

Ihr Kollege Maik steckt den Kopf ins Zimmer und fragt:

„Marco Leismann ist im Verhörzimmer. Kümmert ihr euch um ihn?"

„Wir kommen sofort."

Kapitel 52

Dorle ist tot! Seine Gedanken drehen um sie.
Er hatte vor, ihr von seinen Plänen erzählen. Das ist ihm jetzt nicht mehr möglich. Wie schade!
Dabei sieht seine Zukunft so rosig aus. Die Räume in Hamburg in der HafenCity, die er angemietet hat, sind wie geschaffen für seine Pläne. Die Prüfung hat er vor zwei Monaten mit Bravour bestanden. Das Ergebnis hat er schwarz auf weiß. Heute per Post erhalten.
Klar hatte er vor aus Braake/Aue zu verschwinden. Dieser Ort war nur eine Zwischenstation. Aber das wusste Dorle von Anfang an. Die Leute haben sich das Maul zerrissen, als er bei ihr einzog. Er so viele Jahre jünger als sie. Aber es half beiden und jetzt ist sie tot. Deshalb sitzt er auf der Wache. Mit dem Polizeiwagen hierher gebracht.
Er schaut hoch und sieht, dass die Tür aufgeht. Die beiden Kommissare, die ihn festgenommen haben, treten ein. Braucht er einen Anwalt? Er kennt keinen. Wer könnte ihm helfen?
Andrea und Holger setzen sich dem Verdächtigen gegenüber.

Das Verhör fängt an, nachdem die Anlage ein-
geschaltet ist und er über seine Rechte belehrt
wurde. Auf die Frage von der Kommissarin:
„Wollen Sie einen Anwalt hinzuziehen?"
Schüttelt er seinen Kopf. Die Fliege, die durch den
Raum fliegt, setzt sich auf seine Stirn. Er scheucht
sie mit der Hand weg.
Er schwitzt, stellt Andrea fest. Was hat das zu
bedeuten? Etwa, dass der Täter vor ihnen sitzt!
Dann wäre der Fall jetzt schon gelöst! Zu gut, um
wahr zu sein.
Er leugnet die Tat vom ersten Moment an.
Sein Standardsatz lautet: „Ich habe sie nicht
getötet."
„Wie kommt es, dass Sie über der Leiche standen,
als wir das Lokal betraten?"
Andrea sieht ihn bei dieser Frage ernst an.
Er zögert einen Moment und antwortet ihr:
„Ich hatte Hunger und wollte mir in der Küche mein
Frühstück zubereiten. Später mit der Arbeit im Lokal
beginnen. Als ich den Raum betrat, lag sie auf dem
Boden. Ich bin zu ihr hin und dann waren sie da."
„Was ist mit dem Gegenstand, den Sie in der Hand
hielten? Haben Sie Frau Derhusen damit erschla-
gen? Ihre Fingerabdrücke finden wir auf jeden Fall
darauf. Sie sind unser Hauptverdächtiger!"
Er schaut Andrea, die ihn gefragt hat, an und ant-
wortet:

„Ich habe sie am Boden liegend vorgefunden. Die Flasche lag neben ihr. Ich hob sie nur auf, um sie zurückzustellen."

Die Kommissarin ändert jetzt ihre Taktik und fragt:

Sie arbeiten im „Roten Hahn"?

„Ja, seit ich Dorle kennengelernt habe. Sie war einige Wochen vorher verwitwet und benötigte einen Mann."

„So, so", murmelte Holger so laut, dass der Verdächtige es hörte.

„Nicht das, was Sie vermuten", beeilte sich der Verdächtige mit der Antwort.

„Ich habe ihr bei den handwerklichen und schweren Arbeiten geholfen. Im Bett hat sich nichts abgespielt. Ich stehe nicht auf ältere Frauen."

Er seufzte nach der Antwort und versenkte sein Gesicht in den Händen.

„Dorle ist tot", kommt es kaum vernehmbar aus seinem Mund. Dann schießen ihm die Tränen aus den Augen.

Auf dem Tisch im Verhörzimmer steht eine Box mit Papiertüchern. Andrea Hellier schiebt sie zu ihm hinüber, damit er sich die Tränen abwischt. Es dauert einen Moment, bis er sich gefasst hat.

„Wann haben Sie Frau Derhusen das letzte Mal lebend gesehen?"

Der Verdächtige sieht die Kommissarin nach der Frage an, und antwortet nicht sofort. Er scheint nachzudenken.

Kurze Zeit später öffnet sich sein Mund:

„Gestern, nach der Beerdigung, als ich den Friedhof verlassen habe, fuhr sie in einem schwarzen Mercedes oder war es ein hellgraues SUV, an mir vorbei. Sie sass auf dem Beifahrersitz und wirkte abwesend."

„Haben Sie den Fahrer erkannt?"

„Nein, ich habe nicht genau zu ihm hingeschaut! Außerdem fuhr das Fahrzeug schnell vorbei."

„Haben Sie sich eine Autonummer gemerkt?"

Er überlegt kurz und schüttelt dann den Kopf.

„Das Nummernschild war verdreckt! Aber die Tote Dorle kann ich ihnen beschreiben."

„Gerne!"

Er senkt den Kopf und ein Flüstern entschlüpft seinem Mund.

Kapitel 53

Andreas Blick fällt auf ihre Armbanduhr. Es ist 13 Uhr. Zeit, um eine kurze Mittagspause einzulegen. Um 14 Uhr hat sich Emil Meyer angesagt. Sie zieht sich ihre Jacke über, als ihr Kollege von der Drogenfahndung an die Tür klopft und diese sofort öffnet.

„Hallo, Andrea, hast Du schon Feierabend? Mittags nach Hause gehen – das würde mir gefallen. "

„Ja, da ich die halbe Nacht wach gelegen habe, und dabei berufliche Probleme gelöst habe, ist mein Arbeitstag jetzt beendet", antwortet sie ihm lachend.

„Ja, was die Dunkelheit so alles an den Tag bringt. Apropos Nacht. Die Sexpuppe ist vorhin abgegeben worden. Eine Bettgenossin, die jeder gerne bei sich hat, wenn sie lebendig wäre. Ist sie zur Obduktion vorgesehen?"

Andrea sieht ihren Kollegen erstaunt an und bemerkt, dass er in sich hinein grinst und fragt:

„Meinst Du, dass es nötig ist? Vermutest Du, dass Drogen im Spiel sind?"

„Klar, immer!"

Mittlerweile betritt Holger das Zimmer und sieht die beiden herzhaft lachen.

„Darf ich mitlachen?"

„Nein, heute nicht, aber morgen erlauben wir es Dir", antwortet Andrea ihm.

„Scherzbold!"

„Die Sexpuppe ist mittlerweile eingetroffen, und Bertil veranlasst, dass Fingerabdrücke genommen werden.

Vielleicht haben wir Glück und ein Treffer ist dabei. Ob Drogen mit ihr geschmuggelt worden halte ich für unwahrscheinlich. Was meinst Du Bertil?"

„Habe ich bis jetzt nicht gehört. Aber es gibt für alles ein erstes Mal", antwortet er.

„Emil Meyer kommt um 14 Uhr. Eine neue Nachricht vom Erpresser ist bei ihm eingetroffen. Bist Du bei der Strategiebesprechung dabei. Deine Erfahrungen sind für uns sehr wertvoll."

„Richte ich ein. Tschüs bis nachher."

Der Kollege Bertil verlässt den Raum.

Andreas Blick fällt wieder auf ihre Uhr. Jetzt wird es aber Zeit, zum Essen zu gehen.

„Kommst Du mit zu Huggel? Auf eine Portion Pommes rotweiß und einer Currywurst auf die Hand."

„Klingt gesund. Ich komme mit!" Beide verlassen das Gebäude und schnappen sich ihre Fahrräder. Fünf Minuten später sind sie bei der Bude angekommen. Bestellen das Gewünschte und erhalten es umgehend. Ein Bistrotisch ist frei. An diesen stellen sie sich und fangen an zu essen. Die Bratwurst ist ausreichend gewürzt.

„Guten Appetit mein Schatz!"

Andrea dreht sich erstaunt um. Simon steht hinter ihr und lächelt sie an. Sie strahlt. Er nimmt sie in den Arm und küsst sie intensiv, bevor er ihren Kollegen begrüßt.

„Ist es erlaubt Polizisten im Dienst zu küssen?"

Tönt es hinter den Dreien. Die Stimme kommt ihr bekannt vor. Es ist Philipp mit Miriam an seiner Seite.

„Wo kommt ihr denn her?", fragt sie total erstaunt.

„Ich habe Miriam heute Morgen vom Bahnhof abgeholt", antwortet Philipp ihr.

„Wir haben Gesprächsbedarf!"

Simon und Andrea sehen wie elektrisiert die beiden an.

Was kommt jetzt, schießt es ihr durch den Kopf.

Ihr Blick konzentriert sich auf Miriam, ihrer Tochter. Sie nimmt am Rande einen schwarzen SUV wahr. Das Nummernschild ist nicht lesbar. Der Mann, der aussteigt, kommt ihr bekannt vor. Woher kennt sie ihn? Es fällt ihr im Augenblick nicht ein.

Holger ist ihrem Blick gefolgt.

Kapitel 54

Natürlich haben die anderen drei ebenfalls Pommes mit Currywurst bestellt.

„Das perfekte Hochzeitsessen!", Miriam schmatzt, nachdem sie Pommes in die rote Soße eingetunkt hat.

Andrea sieht sie elektrisiert an. Simon wird aufmerksam. Nur Holger isst ungerührt weiter und meint: „Dieser selbstgemachte Ketchup ist lecker. Die haben es raus. Wurde diese Kombination in Braake/ Aue erfunden?"

Protest kommt von allen Seiten. Die fünf konnten es nicht unter sich klären. Google wurde befragt.

„Eine junge bezaubernde Braut und die Trauung rührselig für die Gäste."

Andrea dreht sich abrupt um. Hinter Ihnen steht Herr Meyer-Roth und lächelt sie an.

„Hallo Herr Meyer-Roth, kommen sie von einer Trauung oder gehen zu einer?"

„Frau Kommissarin, ja die Erinnerungen, die bleiben lebenslang im Gedächtnis."

Sie sieht ihn konzentriert an und wartet auf das, was kommt.

„Na. Den Totengräber schon verhört? Der war nicht der Mörder!"

Die beiden Kommissare werden hellhörig. Andrea kramt in ihrem Gedächtnis. Wen hat er gemeint?

In dem Kommissariat haben sie den Seilakrobaten Marco Leismann, den sie im „Roten Hahn" gefangen genommen haben. Hat er auf dem Friedhof gearbeitet? Ich werde ihn bei der Vernehmung fragen, nimmt sie sich vor.

„Tschüs, ich will dann mal. Die Chefin wartet." Er dreht sich um und spaziert davon.

Hat Miriam ihn intensiv angesehen und ein Zeichnen gegeben? Andrea ist sich nicht sicher.

Ihr Blick fällt auf ihre Uhr. Schon so spät! Es wird Zeit zurückzufahren.

„Holger, die Arbeit ruft!"

Sie wendet sich an Simon.

„Tschüs mein Schatz! Sehen wir uns heute Abend? Ich möchte mit dir eine Kneipe besuchen."

Er sieht sie leicht erstaunt an und antwortet:

„Klar! Willst Du ein Fußballspiel sehen?"

„Nein, ein Bier trinken!"

„Je öller, desto döller!", gibt Miriam ihren Kommentar dazu.

„Tschüs ihr beiden!"

Sie drückt Miriam und Philipp.

Kapitel 55

Der alte Mann hat seine Augen überall. Zum Glück hat er seinen Mund gehalten. Pfiffig ist er, das muss man ihn lassen. Das heimliche Zeichen von ihr, als er anfing zu sprechen, hat er verstanden.

Ja, ja ihre Hochzeit! Für Mutti hat er ein Rätsel hinterlassen. Er kann sie nur gesehen haben, als sie zu viert vor dem Rathaus standen und Emil Meyer mit beiden Händen Reis über ihre Köpfe geworfen hat. Der Brauch soll Glück bringen. Es waren so viele Körner, dass sie sich bei ihnen in den Haaren und auf der Kleidung befanden.

Saskia hat alles gefilmt. Lachend haben sie sich geschüttelt, um den Reis loszuwerden.

Ihre Trauzeugen sind mit ihnen in den Rosengarten gegangen. Saskia hat wie ein Weltmeister fotografiert.

Eine Überraschung erwartet sie dort! Liebevoll inszeniert!

Auf der Holzbank eine kleine Hochzeitstorte, Sekt, Gläser, Teller und Kuchengabeln. Alles in Rosenblättern getaucht.

Miriam steht der Mund offen. Ihr Philipp ein Romantiker. Einen liebevollen Blick wirft sie ihm zu. Er nimmt sie in den Arm und küsst sie. Sie schließt ihre

Augen und gibt sich dem Kuss hin und erwidert ihn. Emil und Saskia sehen sich an. Ihre Blicke treffen sich. Verweilen einen Moment ineinander. Er denkt: Schade, dass ich Sie nicht küssen darf. Sie gefällt mir.

Miriam hat Philipps Nachnamen angenommen. Das ist ihr beider Wunsch. Es wird mit Sicherheit ein paar Monate dauern, bis sie sich an den neuen Namen gewöhnt hat. Heute hat sie das erste Mal mit Miriam Albert unterschrieben.

Emil und Saskia haben ein Stückchen von der Hochzeitstorte abbekommen. Ihr zweiter Trauzeuge ist Simons Schwester, die sie bisher nicht kennengelernt hatte. Sie ist heute Morgen angereist.

Ja, ihr Mann ist für jede Überraschung gut.

Emil ist verzückt von Saskia. Ihre Handynummer hat sie ihm gegeben. Die hatte er auch vorher von Philipp erhalten – sein Lohn für Bilder auf den Kaugummiresten.

Als die beiden Jungverheirateten nach dem romantischen Imbiss einen Spaziergang zur Auebrücke unternehmen, erscheint ein Regenbogen, der sich im Wasser spiegelt. Die Verbindung zwischen Himmel und Erde. Den hat Philipp nicht als Überraschung geplant, da ist sich seine Braut sicher.

Sonnenschein und Regen am Hochzeitstag. Sieht ihre gemeinsame Zukunft so aus?

Den kurzen Regenschauer haben die beiden Frischvermählten am Unterstand abgewartet. Denn das

Geschenk befindet sich auf der Brücke. Philipp hat ihr dort eine Lupe überreicht. Miriam sieht ihn erstaunt an. Er lacht über ihren Gesichtsausdruck.

Die Ehe fängt ja gut an, schießt es Ihr durch den Kopf.

„Schau dir die Kunstwerke dort unten an. Mein Geschenk für dich! Von Emil geschaffen. Sein Lohn ist die Telefonnummer von Saskia."

Bezaubernde Bilder auf Kaugummiresten gemalt. Miriam ist total verzückt.

Kapitel 56

Andrea trifft im Haus ein. Sie ist total geschafft. Der Arbeitstag war anstrengend. Sie hat vor, sich einen Augenblick hinlegen, bevor ihr Freund kommt. Das Lokal muss sie sich ansehen. Mit Simon zusammen, als verliebtes Paar, agieren sie unauffällig. Und in Zivil wird sie auf jeden Fall nicht so schnell erkannt. Wen sie es schafft, einige Fotos zu schießen, kommen sie in der Ermittlung weiter.

Mit Sicherheit nimmt die Erpressung von Emil Meyer, der um 14 Uhr mit ihnen und darauf mit Bertil eine die Strategie besprochen hat und die Akquise der Schüler für die Groschenpartys mit Drogen hier ihren Anfang.

Hoffentlich kommen sie heute Abend einen Schritt weiter. Es fehlen ihr zu viele Puzzleteile für ein ganzes Bild.

Der Verdächtige im Mordfall Dorle Derhausen bleibt vorerst in Haft. Der Staatsanwalt hat die Untersuchungshaft angeordnet. Bis jetzt verzichtet er auf einen Anwalt. Er bleibt bei seiner Behauptung, dass er nicht der Mörder ist.

Andrea geht in die Küche und schenkt sich ein Glas Wasser aus dem Wasserhahn ein. Das tut gut!

Jetzt eine Stunde schlafen, dann ist sie wieder frisch für den Kneipenbesuch mit Simon.

Plötzlich fällt ihr der kurze Mittagsimbiss mit den Kindern an der Bude ein.

Trugen Miriam und Philipp Ringe? Sind die beiden verheiratet?

Nein, das ist unmöglich! Die Trauung soll doch erst später stattfinden. Nur im „Roten Hahn" findet die Hochzeitsfeier mit Sicherheit nicht statt. Die Gaststätte wird bis dahin nicht wieder geöffnet sein. Welches Lokal kommt so kurzfristig in Frage? Das werden sie mit den Kindern besprechen.

Andrea legt sich im Schlafzimmer aufs Bett und ist sofort eingeschlafen. Einen Wecker hat sie sich nicht gestellt. Eine Stunde später wird sie nach einem traumlosen Schlaf wach und duscht.

Jetzt kommt die schwierigste Entscheidung. Was zieht sie heute Abend an. Nach einem kurzen Blick in den Kleiderschrank entscheidet sie für eine dunkelblaue Jeans, ein pinkfarbenes Shirt und passende blaue Sneaker dazu. Ihre Jeansjacke wird sie vorsichtshalber mitnehmen.

Nach einem Blick in den Spiegel malt sie die Lippen an. Da klingelt es an der Tür.

Oh, Simon ist aber pünktlich.

Kapitel 57

Andrea öffnet die Tür. Eine blonde junge Frau steht davor. Sie sieht sie erstaunt.

„Guten Abend, Frau Hellier. Ich habe den Auftrag, Sie abzuholen."

Tausend Gedanken schießen ihr durch den Kopf. Einer springt nach vorne. Der Schreck fährt in ihre Glieder. Sie hält sich am Türrahmen fest, bevor sie ihre Befürchtung ausspricht:

„Was ist passiert?"

Die junge Frau lächelt sie an und meint: „Lassen Sie sich überraschen."

„Wer sind Sie?"

Jetzt kommt die Kommissarin in Andrea zum Vorschein. Sie mustert ihr Gegenüber aufmerksam. Die junge Frau kennt sie irgendwo her. Nur woher? In ihrem Kopf, nein in den Gehirnzellen rattert es schnell und lautlos. Könnte es nicht ... sein?

Ja, bestimmt!

Ihr Telefon klingelt. Sie holt es aus der Tasche und blickt auf die Nummer. Die ist ihr unbekannt.

Sie nimmt ab und meldet sich mit: „ Hellier".

„Frau Kommissarin, Sie müssen sofort kommen. Wir brauchen ihre Hilfe!"

„Wer ist am Apparat?"

„Kevin!"

„Wo seid ihr, und warum braucht ihr Hilfe?"

„Wir sind am ZOB und beobachten, dass auf dem Parkplatz vom Finanzamt etwas Illegales vor sich geht. Zwei große SUV stehen dort. Vier Männer packen von dem Pkw mit holländischen Kennzeichen Kisten oder so aus und um."

„Erkennt ihr, was verladen wird?"

„Nein, wir sind ohne Fernglas. Auf jeden Fall keine Akten. Die haben Waffen dabei. Das sehe ich an der Ausbuchtung vom Jackett."

„Bist Du dir sicher?"

„Ja! Im Fernsehen ist es immer so."

Fantasie hat er, schießt es Andrea durch den Kopf.

Danke Kevin, ich informiere meine Kollegen, die Dienst haben und komme selber vorbei. Bleibt da, wo ihr seid. Begebt euch nicht in Gefahr. Tschüs!"

Andrea beendet das Gespräch und wählt die Nummer von der Dienststelle, um die Kollegen zu informieren.

Jetzt wendet sie sich an ihre Begleiterin, die die kurze Zeit neben ihr gestanden hat und sagt:

„Entschuldigung! Mein Dienst ruft mich! Ich fahre zu einem Einsatz. Ein anderes Mal ergibt sich die Möglichkeit, Sie zu begleiten."

Die junge Frau fängt schallend an zu lachen.

Andrea sieht sie leicht befremdlich an!

Nachdem sie damit aufgehört hat, antwortet sie ihr:

„Das ist nicht wiederholbar. Sie bedauern es, wenn

sie dieses Event versäumen."

Andrea horcht auf.

„Sie wählt die nächste Nummer. Es dauert einen Moment bis abgenommen wird.

„Na mein Schatz wo bleibst Du?", tönt es aus dem Hörer.

„Wolltest Du mich nicht abholen?"

Ein Lachen am anderen Ende und dann die Antwort von Simon:

„Ja, der Abend birgt seine Überraschungen. Komm bitte bald. Wir warten auf dich."

Kapitel 58

Simon ist dabei das Haus zu verlassen, um zu Andrea zu fahren, als es an der Tür klingelt. Emil Meyer steht davor und sagt:

„Ich habe den Auftrag, Sie abzuholen."

„Von Frau Hellier?", ist seine erstaunte Frage.

„Lassen Sie sich überraschen", bekommt er kurz und knapp zur Antwort.

Was hat das zu bedeuten, schießt es ihm durch den Kopf. Andrea wird kaum einen ihrer „Kunden" beauftragen, ihn abzuholen. Das kann nur Philipp veranlasst haben. Warum?

Simon schließt die Haustür ab und folgt Emil Meyer zu dessen Auto. Beide steigen ein und fahren bis zum Supermarkt. Dort lassen sie das Fahrzeug stehen und gehen durch den Park bis zum Café.

An einem mit Blumen geschmückten Tisch sitzen Philipp und Miriam und strahlen ihn an. Dort sitzt ebenfalls seine Exfrau, die Mutter von seinem Sohn. Was hat das zu bedeuten? Der Wirt kommt durch die Tür und bringt die Sektgläser an den Tisch.

Simon begrüßt alle und fragt dann:

„Was gibt es zu feiern?"

„Rate mal, Vati."

Philipp grinst bei seiner Antwort.

Simon dreht sich zu seiner Exfrau um und fragt sie:
„Seit wann bist Du in Braake/Aue?"
Sie lacht und meint dann:
„Ja, die Kinder sind für eine Überraschung gut. Ich bin hierher gelockt worden. Vor einer Stunde bin ich angekommen."
Simons Blick schweift durch den Park in Richtung Eingang.
Oh, das darf nicht wahr sein. Hoffentlich entdeckt diese Person ihn nicht.
„Bin gleich wieder da", sagt er und verschwindet schnell in Richtung der Toilette.
„Was ist denn mit Vati los?", fragt Philipp erstaunt.
„Mit dem Anstoßen warten wir, bis alle hier sind. Hoffentlich flüchtet nicht immer einer nach dem anderen auf die Toilette", sagt Miriam und kann sich ein Lachen nicht verkneifen.
Mittlerweile ist Andrea angekommen. Erstaunt sieht sie in die Runde an und erblickt dann an der Hand von Miriam den Grund der Einladung. Ihre Vermutung wird zur Gewissheit.
„Herzlichen Glückwunsch, meine Süßen!"
Sie nimmt beide in den Arm und drückt sie an sich.
Philipp ist Gentlemen, wie sein Vater, denn er stellt ihr seine Mutter, die sie nicht kennt, vor und sagt:
„Meine Schwester Saskia hat sich bestimmt selber vorgestellt. Sie hat dich ja hierher gebracht."

„Hatte sie mit Sicherheit vor. Nur die Überraschung sollte ihr gelingen. Danke, Saskia, dass Du mich abgeholt hast. Wann habt ihr geheiratet Kinder?"

Philipp und Miriam schauen sich innig an, bevor sie antwortet:

„Heute Morgen am 11. 05 um 11.05 Uhr mit Saskia und Emil als Trauzeugen. Im „Roten Hahn" können wir leider nicht essen. Die haben zu, dabei hatten wir dort für heute Abend bestellt."

„Ja, das Lokal ist bis auf weiteres geschlossen!"

Mittlerweile ist Simon wieder am Tisch erschienen, sieht sich um und sagt erleichtert:

„Ist sie weg?"

Andrea fragt:

„Ist ein Gast uneingeladen hier erschienen?"

„Nein! Ich habe vor einigen Minuten Nicole Nussbaum auf dem Weg gesehen. Ich wollte nicht von ihr entdeckt werden, um Theater zu vermeiden."

„Das ist verständlich. Hoffentlich lässt sie sich behandeln. Ihr Verhalten ist krankhaft."

„Da hast Du recht, Andrea", antwortet Simon.

Keiner der anderen äußert sich dazu.

„Hebt eure Gläser. Wir wollen anstoßen", kommt es aus den Mündern von Miriam und Philipp.

Der Wirt serviert ihnen ein Süppchen und später eine Folienkartoffel mit Salat und Steak mit Kräuterbutter. Als Dessert Vanilleeis mit Erdbeeren und Schlagsahne. Am Ende des Essens je ein Espresso.

Einfach lecker. Miriam stößt laut und vernehmlich auf.

Typisch ihre Tochter! Genau, das hat sie schon als Kind getan, wenn es ihr besonders gut geschmeckt hat. Ihr Sohn Gordon würde laut lachen, wäre er hier. Miriam hat ihren Bruder mit Sicherheit eingeladen. Schade, dass er so weit weg ist. Eine leichte Traurigkeit erfasst sie. Andrea kämpft sofort dagegen an, damit keiner etwas merkt.

„Wo schlaft ihr heute Nacht?", fragt Simon.

„Keine Ahnung, das organisiert Emil", antwortet Philipp. Der wechselt einen kurzen Blick mit Saskia. Die Kommissarin nimmt ihn wahr. Berufskrankheit!

„Vati, Du schläfst bestimmt heute bei Frau Hellier?"

„Du darfst mich duzen Saskia", wirft Andrea ins Gespräch ein.

Die junge Frau nickt ihr zu und lächelt.

Kapitel 59

Ein ereignisreiches Wochenende ist vorbei. Der Alltag hat Andrea wieder. Sie sitzt in ihrem Büro und überlegt, was sie zuerst in Angriff nimmt.

Der Mord im „Roten Hahn" hat Vorrang. Ob sie ein weiteres Mal mit der Freundin der Toten spricht? Die Person ist zwar unangenehm, aber mit Sicherheit kennt sie Bekannte oder Freunde aus ihrem Umkreis. Sie überlegt, ob das Handy der Toten im Haus gefunden wurde. Sie selbst hat keins gesehen, aber vielleicht hat die Spurensicherung das Gerät. Als Erstes greift sie zum Telefon und ruft Frau Hermann an.

Diese nimmt sofort ab. Wartet ab, wer sich meldet.

„Andrea Hellier Kommissariat Braake/Aue."

„Hermann, hallo Frau Hellier. Sie haben den Richtigen verhaftet. Er hat Dorle nur ausgenutzt. Sie ist so gutmütig. Das hat sie davon. Tot! Ermordet von ihrem eigenen Untermieter. Ich habe sie immer gewarnt. Aber auf mich hört keiner. Er hat sie ausgenommen, wie eine Weihnachtsgans, der junge Akrobat.

Sie hat mir gegenüber erwähnt, dass sie einem Freund mit Geld aushilft, was er dringend benötigt. Der junge Kellner im Eiscafé hat eine Aversion gegen diesen Schmarotzer. Ich habe ihn dort vor ein paar Tagen verteidigt. Heute bereue ich es. Sie würde noch leben, wenn ich anders gehandelt hätte."

Die Kommissarin hört sich den Wortschwall in aller Ruhe an, bevor sie nachfragt:

„Hat der Kellner etwas gehört oder gesehen?"

„Ja, er hat Dorle am Sonntagabend beobachtet, wie sie sich mit einem Mann getroffen hat. Er hat ihn nicht erkannt. Er stand im Dunkeln oder Halbdunkeln. Fragen Sie ihn selber."

„Danke für den Tipp. Kennen Sie weitere Freunde von Frau Derhusen mit Namen?"

„Hier in der Umgebung nicht. Sie kennt viele Spitzenköche. Dort fährt sie immer zum Hospitieren hin."

„Danke für ihre umfassende Antwort. Ich melde mich bei Ihnen, wenn ich weitere Fragen an Sie habe. Auf Wiedersehen, Frau Hermann!"

„Tschüs, Frau Kommissarin"

Andrea beendet das Telefongespräch.

Nach dem Telefonat ist sie in ihrem Mordfall nicht weiter. Wenige neue Erkenntnisse.

Hoffentlich lohnt es sich, den Kellner zu befragen. Den Namen hat Frau Hermann ihr nicht genannt. Der dürfte nicht allzu schwer sein ihn zu finden. Auf jeden Fall muss sie noch einmal an den Tatort, das heißt ins Haus, um sich die Kontoauszüge anzusehen.

Vorher ruft sie die Spurensicherung an und fragt nach dem Handy. Es ist gefunden worden.

„Andrea, wir hexen mit Bedacht!", die ungeduldige Antwort des Kollegen.

Die Auslese der Daten ist bis jetzt nicht erfolgt! Schade!

Der Verdächtige Marco Leismann streitet den Mord vehement ab. Mittlerweile hat er einen Rechtsbeistand, das hat sie in den Akten gelesen. Der kommt heute Morgen vorbei, um beim Gespräch dabei zu sein. Die Vernehmung ist für elf Uhr angesetzt.

Ihre Gedanken schweifen ab und sind bei Freitagabend gelandet.

Sie selber war nur kurz bei dem Einsatz beim Finanzamt dabei. Die diensthabenden Kollegen haben sich um den Fall gekümmert. Ob Holger weitere Kenntnisse dazu hat? Wo bleibt er nur? Kaum ist der Gedanke ausgedacht, da steht er schon in der Tür.

„Moin, Andrea. Na, das letzte Wochenende überstanden? "

„Ja, es war ein Erlebnis! Eine Hochzeitsfeier mit allen wichtigen Personen."

„Du hast geheiratet? Das ging aber schnell! Bist Du dir sicher, dass das der Mann für dein zukünftiges Leben ist? Na, die Frage hätte ich dir früher stellen sollen. An dem Tag, als Du an seiner Treue gezweifelt hast, aber da konnte ich ja nicht ahnen, dass Du diesen Schritt ein paar Tage später in Erwägung ziehst. Auf jeden Fall „Herzlichen Glückwunsch"."

Andrea sieht ihn nach diesem Wortschwall erstaunt an und antwortet mit einem verschmitzten Lächeln:

„Danke für die Gratulation! Nicht ich habe geheiratet, sondern die Kinder."

„Oh, ist Miriam nicht zu jung für die Ehe?"

„Das kann man so oder so sehen", antwortet Andrea ihm und fragt:

„Hast Du Informationen über den Einsatz am Freitagabend beim Finanzamt?"

Holger fängt an zu lachen und antwortet dann:

„Deine Freunde sind pfiffig. Sie hatten den richtigen Riecher, als sie dich angerufen haben.

„Im Fahrzeug befanden sich Diebesgut und Drogen. Scheinbar haben die Kollegen die Spitze des Eisberges erwischt. In dem einen Auto lagen außerdem Plakate, die auf eine Groschenparty hinweisen. Die Personalien der vier Leute wurden aufgenommen und sind, glaube ich, bei den Kollegen in Untersuchungshaft."

„Über die Plakate werden die Heranwachsenden mit den Drogen in Kontakt gebracht. Perfide!",

antwortet Andrea ihm.

„Ja, die Szene hat sich von der Stadt auf Land verlagert. Die Drogen kommen über den Hamburger Hafen ins Umland."

„Hast Du von Haien gehört, die sich abnorm verhalten?"

„Nein, Andrea, meinst Du die Killerfische, die im Meer leben?"

„Doch, genau über diese Tiere spreche ich. Sie finden die Drogen im Wasser und fressen diese. Für einige Menschen in Lateinamerika ist Haifleisch eine Delikatesse. Also nehmen sie über die Nahrungskette Drogen zu sich."

„Kaum zu glauben, jetzt sind schon Tiere involviert." Holger schüttelt den Kopf und kommt dann zu einem anderen Thema.

„Warst Du am Wochenende mit Simon in der Kneipe zu Recherchezwecken?"

„Ja, die Fotos müssen wir Emil Meyer, den drei Jugendlichen und unserem Verdächtigen vorlegen. Ein Mann kam mir bekannt vor. Leider habe ich ihn nur kurz gesehen. Scheinbar wollte er nicht von mir erkannt werden. Das Foto ist halb von der Seite und von hinten. Leider!"

Kapitel 60

Miriam und Philipp sehen sich liebevoll an. Sie liegen nach ihrer Hochzeitsnacht im Zelt auf der Luftmatratze. Emil und Saskia haben ihnen gestern Abend, nachdem die Feier beendet war, die Augen verbunden und zur Suite für frisch Vermählte geführt. Die steht neben dem Teich im Garten seines Vaters. Die Überraschung war groß, ha, ha! Geärgert haben sich die beiden darüber nicht. Warum auch? Auf einem kleinen Tisch standen zwei Gläser sowie eine Flasche Sekt im Kühler. Lauter Kerzen leuchteten am Teich. Romantik pur. Beide haben diese Nacht in der Natur genossen.

Als Philipp durch Vogelgezwitscher wach wird, denkt er kurz an seine Mutter. Er freut sich innerlich, dass sie zur Hochzeitsfeier gekommen ist. Es ist gut, dass Vati und sie keinen Krieg gegeneinander führen. Seine Eltern gehen zivilisiert miteinander um.

Komisch war es schon, als Vati am Anfang der Feier schnell auf der Toilette verschwunden ist. Nur um dieser ehemalige Freundin nicht zu begegnen. Der Umgang mit ihr war damals schwierig, als Vati sich nach kurzer Zeit von ihr getrennt hat. Hoffentlich taucht sie jetzt nicht wieder in seinem Leben auf, und versucht die Beziehung, zu Andrea auseinanderzubringen.

Miriam ist ebenfalls wach geworden und stupst ihn liebevoll an. Schon ist er wieder im Hier und Heute.

„Du, Philipp hast Du über die keimende Beziehung zwischen deinem Freund Emil und Saskia nachgedacht?"

„Wieso mögen die beiden sich, Miriam?"

„Hast du das nicht bemerkt?"

„Nein, ich denke, er hat andere Sorgen. Aber bei deiner Mutter und ihren Kollegen ist er in guten Händen!"

Miriam sieht ihn erstaunt an. Ist da etwas an ihr vorbeigegangen?

Bevor sie Philipp fragt - hören beide Geräusche. Es sind leise Schritte, die um die Hausecke kommen. Ist ein fremder Mensch auf dem Grundstück? Was will diese Person hier?

Ja, es ist eindeutig! Ein Mann schleicht an die Terrassentür und wirft einen Blick ins Innere des Hauses.

Philipp beobachtet ihn durch einen Spalt in der Zelttür. Er legt einen Finger an seinen Mund und bedeutet Miriam damit an, keinen Laut von sich zugeben.

Jetzt macht der Mensch sich an der Terrassentür zu schaffen.

Dem Philipp kommt eine Idee und führt sie sofort aus.

Er fängt laut an zu bellen. Der Mann dreht sich um und versucht herauszubekommen, wo der Hund sich befindet. In diesem Moment hört es auf. Miriam schaut ihn bewundernd an. Der Mann auf der Terrasse wendet sich wieder der Terrassentür zu. Philipp hat jetzt leise das Zelt verlassen und sich einen Stein geschnappt und in die Richtung des Eindringlings geworfen. Miriam hat in der Zwischenzeit die Zelttür wieder geschlossen. Der Mann dreht sich erschrocken um. Philipp, der jetzt hinter einem Strauch hockt, und ihn von dort aus beobachtet, fängt wütend an zu knurren und immer lauter zu bellen. Der Mann ergreift die Flucht. Philipp rennt zur Hausecke und dann um die Ecke. Er hört, wie ein Auto sich mit hohem Tempo entfernt. Als er die Gartenpforte erreicht, ist der Pkw an der Kreuzung abgebogen.

„Mist", schimpft er laut.

Miriam hat das Zelt verlassen und kommt ihm an der Terrasse entgegen und lächelt ihn an.

„Hallo Bello, braver Hund!"

Philipp lacht laut.

„Es war früher mein Hobby unser Haustier nachzumachen. Es ist mir bis zur Perfektion gelungen. Von dieser Fähigkeit habe ich scheinbar nichts eingebüßt."

„Stimmt Bello! Braver Hund! Jetzt bekommst Du ein Leckerli!"

Miriam dreht sich zu ihm um und gibt ihrem Mann

einen dicken Kuss. Nachdem sie sich daraus gelöst haben, sehen sich beide die Terrassentür an. Sie entdecken keinen Sachschaden. Gott sei Dank!

Philipp greift zum Telefon, um seinen Vater zu informieren.

Dieser nimmt kurze Zeit später das Gespräch an.

„Na, mein Sohn, brauchst Du nach der Hochzeitsnacht einen Rat von deinem Vater. Jetzt ist es mit Sicherheit zu spät. Ratschläge holt man sich immer vorher. Das musst Du dir merken!",

Simon fängt über seinen Scherz laut an zu lachen.

„Vati, es wurde eben versucht, bei dir einzubrechen. Bello hat ihn vertrieben."

Schweigen am anderen Ende der Leitung.

Kapitel 61

Andrea wirft einen Blick auf ihre Uhr. Es ist Zeit, bis ihr Hauptverdächtiger zum Verhör kommt. Ob sie kurz in die Stadt fährt, um mit dem Kellner zu sprechen?

„Du, Holger, ich habe vor ein paar Minuten mit der Freundin von Dorle Derhusen gesprochen. Sie hat den Kellner aus dem Eiscafé erwähnt, der die Tote am Sonntagabend lebend gesehen hat. Sie traf sich gegenüber der Eisdiele mit einem Mann. Ich möchte den Mitarbeiter dazu befragen. Kommst Du mit?"

Holger überlegt kurz und antwortet:

„Klar! Zwei nehmen mehr wahr als eine Person. Fahren wir mit den Rädern?"

Andrea nickt und beide verlassen das Polizeigebäude.

Das Wetter ist heute angenehm frisch. Die Sonne verdrängt die dicken Wolken und wärmt Andreas Gesicht.

Ein paar Minuten später erreichen die beiden Polizeibeamten die Innenstadt von Braake/Aue. Sie stellen ihre Räder im Fahrradständer ab und gehen die paar Schritte bis zur Eisdiele zu Fuß.

Eine junge Kellnerin, mit langen schwarzen lockigen Haaren, kommt mit einem Tablett aus der Tür und geht zu Tisch drei.

Beide Beamte werfen einen Blick durch die Tür ins Lokal hinein. Einen jungen Kellner entdecken sie nicht.

Sie kommt vom Tisch zurück und bleibt vor ihnen stehen und fragt:

„Was wünschen Sie?"

„Wir möchten mit ihrem Kollegen sprechen", antwortet Andrea ihr.

„Mit meinen Cousin?"

Erschrocken sieht sie die beiden Polizisten an.

„Was hat er wieder ausgefressen? Hat er unseren Nachbarn verprügelt? Traut Marco sich deshalb nicht mehr ins Eiscafé? Wo ist er überhaupt? Das Lokal nebenan ist geschlossen. Ich bin erst gestern Abend aus Italien zurückgekommen. Mit Antonio habe ich bisher nicht gesprochen. Er hat nur einen Zettel für mich hinterlegt. Schauen Sie mal."

Sie trägt das Tablett, welches sie in der Hand hält, ins Lokal und kommt mit einem Notizzettel zurück. Andrea nimmt ihn und liest.

Sie ist zwar der italienischen Sprache nicht mächtig, jedoch diese Worte sind ihr vertraut. Sie nickt der jungen Frau zu. Ihr Lieblingskollege Holger wirft ebenfalls einen Blick darauf.

Der Wortschwall der Kellnerin geht weiter:

„Meine Mutter hatte am Freitag Geburtstag. Sie wurde sechzig Jahre. Zu dieser Jubiläumsfeier bin ich angereist und erst gestern zurückgekommen.

Antonio hat Angst, dass Marco mein Freund wird. Und das will er auf keinen Fall. Ich glaube, er liebt mich, aber enge Verwandte dürfen doch nicht heiraten und außerdem möchte ich ihn nicht. Er soll mir nicht immer meine Freunde vertreiben.

„Sind mehrere Kellner in der Eisdiele beschäftigt?" Andrea lächelt sie bei ihrer Frage an.

„Ja, aber heute Morgen nur er! Mein Cousin kommt in ca. einer halben Stunde. Hat er etwas ausgefressen?", fragt sie zum zweiten Mal.

„Nein, nein, versichert Andrea ihr. Wir möchten ihn nur zu der Wirtin vom „Roten Hahn" befragen. Kannten Sie diese Frau ebenfalls?"

Die junge Kellnerin mustert die beiden Beamten, bevor sie antwortet:

„Ja, sie kommt hin und wieder zu einem Kaffee vorbei. Sie ist freundlich."

Die Vergangenheitsform von kennen fällt ihr nicht ein, denkt Holger.

Andrea kommt ein Gedanke. Diesen formt sie zu einer Frage um:

„War ihr Cousin am Stadtfestsonntag gegen 16 Uhr für eine halbe Stunde abwesend?"

Die Kellnerin überlegt und fragt dann:

„Meinen Sie die Zeit, als der Akrobat am Seil aufgetreten ist?"

„Ja, an diesen Zeitraum habe ich gedacht", antwortet ihr die Kommissarin.

„Da wollte ich mir die Vorführung ansehen.

Wir waren an diesem Tag zu fünft in der Eisdiele. Antonio hat sich durchgesetzt, sodass ich arbeitete und er eine Stunde frei hatte. Dieser Mistkerl. Er hat mir meinen Plan durchkreuzt. Er hat den Farbbeutelwurf gesehen, das hat er mir erzählt und dabei gegrinst. Wenn er das man nicht selber gemacht hat."

Jetzt stoppt sie abrupt ihren Redefluss und sieht die beiden Kommissare schuldbewusst an oder schaut sie eine andere Person an?

Andrea Hellier dreht sich um und sieht einen jungen Kellner im Café stehen. Er hat mit Sicherheit den letzten Satz gehört. Er rührt sich vom Fleck und kommt nach draußen, grüßt sie und fragt:

„Kann ich Ihnen behilflich sein?"

Andrea Hellier und ihr Kollege Holger Meiners stellen sich vor und die Polizistin stellt ihre erste Frage:

„Wann haben Sie Frau Derhusen das letzte Mal gesehen?"

Er überlegt und antwortet ihr.

Seine Antwort deckt sich mit der Aussage, die Frau Hermann dazu gemacht hat.

„Haben Sie sich die Vorführung von Marco Leismann am Stadtfestsonntag angesehen?"

„Ja, der Künstler wurde mit einem Farbbeutel attackiert."

„Haben Sie gesehen, wer den Beutel mit der roten Farbe geworfen hat?"

Er antwortet der Kommissarin umgehend:

„Es war ein Mann mit einem schwarzen Hoodie. Sein Gesicht habe ich nicht gesehen. Es ging so schnell. Ich habe zu dem Artisten Marco hingesehen und dann wieder zu der Stelle, von wo aus geworfen wurde. Da stand keiner mehr mit Hoodie. Der war untergetaucht."

„Danke für ihre Auskunft", bedankt Holger sich bei ihm. Andrea nickt Antonio zu. Beide verabschieden sich von den jungen Eisdielenmitarbeitern. Auf dem Weg zum Fahrrad hören sie, wie der Kellner wütend auf deutsch: „ Plappermaul", sagt.

Kapitel 62

Wieder im Büro eingetroffen, wird es Zeit für die erneute Vernehmung vom Tatverdächtigen der Toten Dorle Derhusen.

Andrea hatte sich morgens die Berichte aus der Pathologie und der Spurensicherung angesehen. Alles deutet auf ihn als Mörder hin. Ob sein Anwalt zaubern kann und einen anderen Täter präsentiert? Bei ihm ist man vor keiner Überraschung sicher. Sie kennt ihn seit vielen Jahren. Ein tüchtiger Rechtsvertreter.

„Holger, auf in die verbale Schlacht? Ob wir heute weiter kommen?"

Er grinst und meint:

„Nach der Vernehmung sind wir schlauer."

Beide verlassen das Büro und gehen ins Vernehmungszimmer.

„Guten Morgen!"

Die Begrüßung von Andrea Hellier und Holger Meinerts wird mit:

„Moin und guten Morgen", beantwortet.

Sein Anwalt, der für seine Pünktlichkeit bekannt ist, sitzt neben seinem Mandanten.

Andrea eröffnet das Verhör:

„Herr Leismann, die Berichte von der Spurensicherung und Pathologie sind da. Die Auswertung deutet auf Sie als Täter hin."

Im ersten Moment schweigt der Verdächtige nach Andreas Worten. Doch dann bricht es aus ihm heraus:

„Ich war es nicht!"

Nach den Worten schießen ihm die Tränen aus den Augen. Er schnieft laut und greift in die Hosentasche. Holt einem 5 Euroschein heraus und wischt er sich durchs Gesicht. Merkt es und steckt ihn zurück. Wühlt in der Tasche. Diesmal ist er fündig. Ein Taschentuch liegt in seiner Hand und der Geldschein diskret wieder an seinem vorherigen Platz.

Der Anwalt Mark Richter greift bis jetzt nicht in das Verhör ein. Hält er seinen Mandanten für den Mörder?

Andrea spricht nach dem emotionalen Ausbruch des Verdächtigen weiter:

„Nur leider waren Sie zu ihrem Todeszeitpunkt im Haus und wir haben Sie über die Leiche gebeugt gesehen und ihre Fingerabdrücke befinden sich auf der Tatwaffe."

„Ich war es nicht! Haben Sie schon den Freund gefunden, dem Dorle Geld geliehen hat?"

Andrea und Holger sehen sich an. Das hören sie heute zum ersten Mal. Wird jetzt eine falsche Spur gelegt? Der große Unbekannte. Hat der Anwalt seine Finger im Spiel. Seine Verteidigungsstrategie oder hat er mehr Information als wir?

„Herr Leismann, wie kommen Sie auf die Idee, dass Frau Derhusen einen Freund hat?", setzt Andrea ihre Befragung fort.

„Ich habe vor einiger Zeit gehört, als sie abends telefonierte, dass sie dieser Person am nächsten Tag dreißigtausend Euro übergeben wolle."

„Hatten Sie den Eindruck, dass die Gastwirtin erpresst wurde", fragt sie, ohne die Antwort abzuwarten, weiter:

„Haben Sie sich mit Frau Derhusen über die Person, mit der sie gesprochen hat, später unterhalten."

„Nein, sie sollte nicht mitbekommen, dass ich aus Versehen das Gespräch gehört habe. Nach meiner Meinung liegt keine Erpressung vor, da sie ihren Gesprächspartner als „Schatz" bezeichnet hat", antwortet der Verdächtige ihr.

„Können Sie eindeutig sagen, zu welchem Geschlecht die Person gehört, mit der sie telefonierte?"

Marco Leismann überlegt kurz und antwortet dann:

„Nein, Frau Kommissarin die Stimme am anderen Ende der Leitung habe ich nicht gehört."

„Danke!"

„Haben Sie das Geld gestohlen und ihre Vermieterin später umgebracht?",

fragt Holger, der nach einem Blickwechsel mit Andrea jetzt übernimmt.

Empört sieht der Befragte ihn an, sammelt sich kurz und antwortet:

„Das Gespräch fand, einige Zeit bevor ich sie tot in der Küche gefunden habe, statt."

„Wissen Sie, wo die Gastwirtin ihr Geld aufbewahrt?"

„Nein, Herr Kommissar, davon habe ich keine Kenntnis. Bei den Tageseinnahmen habe ich sie oft zur Bank begleitet. Der Weg ist zwar nicht weit, aber im Dunkeln fühlte sie sich so sicherer. Wir haben die Geldbombe dann dort eingeworfen."

Oh, jetzt fängt er an zu reden, registriert Andrea.

„Wie hat sie es gehandhabt, wenn Sie nicht im Hause waren, Herr Leismann?"

„Dann ist sie mit Sicherheit am nächsten Morgen zur Bank gegangen. Bald hätte sie dafür sowieso eine andere Lösung finden müssen."

„Wie meinen Sie das?"

„Ja, ich bin auf dem Sprung in ein neues Leben."

Andrea und Holger sehen ihn erstaunt an. Selbst der Anwalt zeigt eine Regung. Diese Tatsache scheint für ihn neu zu sein. Er beugt sich zu ihm hin und stellt leise eine Frage.

Sie ist phonetisch nicht bei den beiden Kommissaren angekommen.

Der Gefangene schüttelt seinen Kopf.

Andrea hört der weiteren Befragung aufmerksam zu.

Ein Gedanke schwirrt in ihrem Kopf herum. Sie bekommt ihn nicht zu greifen.

Andreas Handy meldet sich. Mit gerunzelter Stirn schaut sie darauf. Sie drückt den Anruf weg. Nach kurzer Zeit klingelt es erneut. Sie nimmt das Gespräch entgegen und hört zu.

Die Überraschung ist in ihrem Gesicht zu sehen.

„Ich komme!.“

„Soll ich das Verhör alleine weiterführen, Andrea?“, fragt Holger, der bemerkt hat, dass ihr eine wichtige Nachricht mitgeteilt wurde.

Sie rückt dicht an ihn heran und teilt ihm leise den Inhalt des Telefongesprächs mit.

In seinem Gesicht ist eine Reaktion zu sehen.

An den Gefangenen und seinen Verteidiger gerichtet sagt sie:

„Die Befragung wird für zehn Minuten unterbrochen. Nutzen Sie die Pause für ihre Angelegenheit“

Sie verlässt das Verhörzimmer. Der Kollege Maik läuft ihr über den Weg.

„Hallo Andrea, wo brennt es?“

„Ach Maik, ich bin telefonisch zum Einsatz gerufen worden. Gehst Du bitte in die Vernehmung und führst sie mit Holger weiter. Sie ist für zehn Minuten unterbrochen.“

„Ich erledige kurz meine Arbeit und übernehme dann deinen Part im Vernehmungszimmer“, antwortet er ihr.

„Danke! Maik.“

Als sie mit einem jungen Kollegen aus der Bereit-schaft das Polizeigebäude verlässt und zum Dienstwagen eilt, um schneller am Einsatzort zu sein, da ist die Idee, die vorher für sie nicht greifbar war, vor ihrem inneren Auge.

„Warte bitte, ich bin gleich zurück."

Ihr junger Kollege sieht sie erstaunt an, lächelt aber.

Sie dreht sich um und gibt Maik, den sie in seinem Zimmer vorfindet, um seine Arbeit zu erledigen bis er zu Holger rüber wechselt, eine Anweisung.

Er sieht sie ohne Regung an und meint:

„Ich kümmere mich darum."

Kapitel 63

Simone Barbe, Andreas Freundin, schiebt mit ihrem Zwillingskinderwagen durch den Park bis zur Brücke über die Aue. Jetzt steht sie an der Stelle, an dem der „Tote" gefunden wurde. Heute liegt zum Glück kein lebloser Mensch dort herum. Gott sei Dank!
Sie wirft einen Blick auf die kleinen Kunstwerke. Zum Glück hat sie sich eine Lupe eingesteckt. Bei dem Trubel vor einigen Tagen war es nicht möglich, sich die Malereien anzusehen. Sie hat bemerkt, dass sie winzig sind. Die Bilder sind gelungen. So zu malen auf diesen kleinen Flächen, dazu ist nur ein echter Künstler in der Lage. Nein, so könnte sie es nicht!
Hoffentlich ist die „Tatortreinigertruppe" der Stadt hier nicht so schnell tätig und entfernt, im Übereifer, diese Werke.
War da nicht vor Jahrzehnten eine Putzfrau, die ein Kunstwerk zerstört hat. Sie erinnert sich dunkel an den Vorfall. Er lief immer mal wieder durch die Presse.
Ob dieser Künstler, der junge „Tote" noch in der Stadt ist? Sie wird auf jeden Fall Andrea dazu befragen. Die Kommissarin, ihre alte Freundin, trifft sie morgen Nachmittag.

Andrea hat ihr mit Sicherheit viel zu erzählen. Es ist schon ein Erlebnis, wenn die eigene Tochter heiratet. Am letzten Wochenende war das Ereignis.

Ob ihre beiden Mädels den Bund fürs Leben eingehen? Sie selbst hat erst spät die große Liebe gefunden und wurde zusätzlich mit einer erwachsenen Tochter belohnt. Ja, das Leben schreibt schon seltsame Geschichten. Sie hat als junge Frau, um ihrer Schwester zu helfen, sich um eine Eispende bemüht und in einer spanischen Klinik wurden ihr die Eizellen entnommen.

Das Produkt sind jetzt ihre beiden Mädels, die später als Überraschung in ihr Leben getreten sind. Sie und Frank sind die biologischen Eltern von den Zwillingen. Vanessa, die durch Zufall beim Faslam in Braake/Aue auftauchte, ist prompt mit Isabelle verwechselt worden.

Warum ein Säugling von einer anderen Familie adoptiert wurde, ist bis heute nicht geklärt. Franks erste Frau lebt nicht mehr, um zur Aufklärung beizutragen. Sie hat vieles verschwiegen. Ja, Ehrlichkeit ist in einer Partnerschaft das A und O.

Ihre Gedanken befinden sich jetzt bei dem Ereignis hier an der Brücke. Sie sieht die Bilder nacheinander vor ihrem inneren Auge. Ihre Freundin Uta Lesko – laut schreiend!

Uta ist unnatürlich schreckhaft. Seit ihr Mann verstorben ist, hat es sich verstärkt.

Hat sie an diesem Morgen einen Nervenzusammenbruch erlitten, als der Tote zum Leben erwachte?

Kaum hat sie den Gedanken zu Ende gedacht, da hört sie ihren eigenen Namen.

„Simone."

Sie dreht sich nach der Stimme um. Es ist Uta, die winkt und ruft.

Zum Glück schlafen ihre beiden Schreihälse im Kinderwagen weiter.

Sie wartet bis ihre Freundin sie erreicht. Uta strahlt sie an.

„Hallo Simone, ich freue mich, dich zu sehen. Hast Du Zeit? Wollen wir quatschen?"

Kapitel 64

Simon Albert verlässt das Bankgebäude. Das Gespräch mit seinem Berater kreist durch seine Gedanken.

ETFs sind für ihn Neuland. Ist es eine Alternative zu seinem Tagegeld? Das Portfolio bietet ihm 3,5%, während das verfügbare Geld unter 2% liegt. Sein Berater hat geredet und erklärt. Das Haar in der Suppe hat er schon gefunden. Er ist Unternehmer und daher gewohnt wichtige Entscheidungen von allen Seiten zu beleuchten. In Gedanken versunken bummelt er, mit gesenktem Kopf, zum Auto und sucht nach seinem Autoschlüssel, als ihm einfällt, dass er vergessen hat die Kontoauszüge mitzunehmen.

Er dreht um und geht zurück zur Glastür des Hintereingangs. Drückt den Knopf zum Öffnen der Tür. Diese gleitet lautlos zur Seite, und bevor er das Gebäude betritt, da knallt es hinter ihm.

Ist es ein Schuss?

Er wirft sich zur Seite auf die gepflasterte Fläche. Es knallt weiter. Simon Albrecht dreht seinen Kopf vorsichtig in die Richtung, aus der die Geräusche kommen.

Ein surreales Bild spielt sich vor seinen Augen ab.

Er schließt sie und öffnet sie umgehend wieder. Die Szene hat sich kaum verändert.

Ja, was sieht er?

Eine schlanke Frau mit langen dunklen strähnigen Haaren, nachlässig gekleidet mit blauer Jeans und bunter Bluse, die halb aus der Hose hängt.

Die Frau kennt er. Sie ist dabei mit einer Eisenstange das Auto, vor dem er eben gestanden hat, zu bearbeiten.

Ein Schreck schießt in seine Glieder. Ist seine Exfrau verrückt geworden? In diesem Augenblick dreht sie sich ein wenig, sodass er ihr Gesicht sieht.

Eine Erleichterung durchströmt ihn - sie ist es nicht.

Er kennt diese Frau - es ist Nicole, seine Exfreundin.

Jetzt fängt sie an, laut zu schreien:

„Du Hurenbock, Hurenbock, Hurenbock!"

Meint sie ihn?

Mantramäßig schreit sie das Wort weiter im Rhythmus zu den Schlägen. Die Frau steht völlig neben sich.

Er flucht innerlich und das Wort:

„Scheiße", verlässt leise seinen Mund.

Soll er aktiv werden? Sie stoppen? Kommt nicht in Frage. Mit ihr will er nichts mehr zu tun haben.

Die ersten Fußgänger bleiben auf dem Bürgersteig stehen und sehen sich das Spektakel an.

Gegenüber beim Finanzamt werden zwei Fenster sperrangelweit geöffnet.

Die beiden Mitarbeiter lehnen sich heraus und blicken zum Parkplatz auf die tobende Frau.

Simon, der mittlerweile wieder aufgestanden ist, erkennt von seinem Platz aus, dass einer sein Handy zückt und der andere telefoniert. Bevor er selber mit dem handlichen Telefon aktiv wird, verändert sich die Szene vor seinen Augen.

Ein junger Mann kommt neben ihm aus dem Gebäude. Stößt ihn aus Versehen an und murmelt: „Entschuldigung!"

Verharrt danach kurz und fängt an zu rennen. Im Laufen ruft er laut:

„Stopp!"

Der Ruf scheint nicht bei der Tobenden anzukommen. Mittlerweile haben fast alle Zuschauer ihr Handy gezückt, um Fotos zu schießen oder zu filmen. Die Freunde müssen doch informiert werden. Jetzt wird Simon selber aktiv. Nein, nicht um Erinnerungen von diesem Vorfall zu haben, sondern um die Polizei anzurufen. Er wählt die Notrufnummer, die 110, und schildert dass, was er sieht. „Wir sind unterwegs", informiert ihn die diensthabende Beamtin.

Ob er Andrea anruft? Sie und ihr Kollege Holger Meiners hatten schon mit ihr, der Furie, zu tun. Er entschließt sich dagegen.

Mittlerweile hat der Mann die Tobende erreicht, als zum wiederholten Mal mit Schwung die Eisenstange auf dem Fahrzeug landet. Bevor sie ihr Werkzeug wieder einsetzt, hat er sie von hinten überwältigt. Er drückt ihren Oberkörper auf das Auto.

Sie schreit bestialisch. Hat er sie verletzt? Auf jeden Fall ist er in der Lage, die Tobende in Schacht zu halten.

Auf dem Bürgersteig vor dem Parkplatz hat sich die Menschenmenge weiter vergrößert.

Ein Polizeiwagen fährt vor und zwei Beamte verlassen das Fahrzeug. Zügig nähern sie sich dem Geschehen und klären die Lage.

Simon geht zurück ins Gebäude, um die Kontoauszüge zu holen. Er ist sich sicher, dass Nicole Nussbaum, die vor kurzer Zeit tobend auf dem Boden lag, es auf sein Auto abgesehen hat. Die Autos hat sie leider verwechselt, wie er eben auch, als er Gedanken verloren vor diesem Fahrzeug gestoppt hatte. Sie muss ihn beobachtet haben.

Dass ein Fehler, der in der Vergangenheit verursacht wurde, sich so auf die Gegenwart auswirkt, damit hat er nicht gerechnet.

Womit er ebenfalls nicht rechnet, ist, dass in dem Augenblick, als er die Bank betritt, ein Dieb, der ältere Frauen beraubt, festgenommen wird.

Kapitel 65

Herr Meyer–Roth schlendert den Postweg entlang in Richtung Bank, um Geld abzuheben. Als er an der Ecke vom Finanzamt angelangt ist, sieht er die Menschenmenge und hört leises Geschrei, da in diesem Augenblick ein Trecker vorbei rattert.

Was ist denn hier los, schießt es ihm durch den Kopf.

Ein Raubüberfall?, ist sein nächster Gedanke. Er bleibt stehen und beobachtet die Szene vor sich.

Jetzt schiebt eine ältere Frau mit Gehwagen an die Zuschauer heran. Ihre Handtasche liegt vorne im Korb. Die ist aber leichtsinnig, denkt er, da ist diese schon verschwunden. Wer von den Menschen hat die Tasche genommen? Er kann es im Augenblick nicht erkennen. Dann sieht er einen jüngeren Mann, der sich in seine Richtung entfernt. Seinen E-Scooter schiebt er über die Straße. Warum fährt er nicht? Ist das der Dieb, der vor einigen Tagen hier an der Ecke Postweg/ Finanzamt eine Tasche gestohlen hat?

Was macht er nur? Klar, die Kommissarin Andrea Hellier anrufen. Er wählt ihre Nummer.

„Scheiße", flucht er leise. Sie hat ihn weggedrückt.

Der junge Dieb wartet in der Mitte der Überquerung, weil einige Autos kommen.

Die ältere Frau hat bis jetzt nichts bemerkt.

Herr Meyer-Roth drückt sich an die rote Seitenwand vom Gebäude. Der Dieb überquert mit seinem E-Scooter die Straße und kommt auf ihn zu. Vor dem Gebüsch an der rechten Seite bleibt er stehen, öffnet die Handtasche und durchsucht sie. Entnimmt ihr einige Gegenstände und wirft sie dort hinein.

Herrn Meyer-Roth, der fast regungslos an der Hauswand vom Finanzamt steht, hat er nicht wahrgenommen.

Jetzt dreht der junge Mann mit dem schwarzen Hoody sich um und fährt den Weg zurück.

Herr Meyer-Roth folgt ihm unauffällig. Er wählt wieder die Nummer von der Kommissarin und schildert den Vorfall, nachdem sie abgenommen hat.

Andrea Hellier verspricht, umgehend zu kommen.

„Herr Meyer-Roth lassen Sie bitte ihr Handy eingeschaltet. Sie haben doch ausreichend Saft darauf?"

„Klar! Warum?"

„Damit Sie mir, solange Sie ihn sehen, den Standort durchgeben."

„Zu Befehl, Frau Kommissarin."

Er salutiert, mit einem verschmitzten Lächeln im Gesicht, als er ihr antwortet.

„Ein genialer Plan. Schade, dass die Chefin ihn nicht bei seiner Ermittlungsarbeit sieht", schießt es ihm durch den Kopf.

„Bleiben Sie bitte immer weit genug vom Täter entfernt. Begeben Sie sich nicht in Gefahr!", ermahnt Andrea Hellier ihn.

„Verstanden!"

Ihr anschließendes Gespräch mit dem Kollegen versteht er nicht. Es wird zu leise geführt.

Seine Observation gefällt ihm. Am liebsten würde er bei der Polizei mitarbeiten. Aber Rentner als Ermittler können sie nicht gebrauchen.

Der Trubel auf dem Parkplatz ist im vollen Gange.

„Hurenbock", klingt es zu ihm rüber. Der Dieb rollt jetzt bis zur Ecke des Weges und steigt ab.

Hoffentlich wartet er auf mich, denkt der Verfolger und grinst in sich hinein.

„Er befindet sich vor der Bank", flüstert er ins Handy.

„Danke!"

Jetzt fängt er an zu rennen, um ihn nicht aus den Augen zu verlieren.

„Haltet den Dieb!", hört er hinter sich einen Ruf.

Ist er etwa gemeint?

Jetzt hat der Verfolger die Ecke erreicht. Der E-Scooter steht ein Meter neben dem Eingang.

Ist der er in der Bank? Nein! Sondern am Geldautomaten davor.

„Er hat die Kontokarte erbeutet und mit ihr die PIN. Leichtsinn pur! Diese alten Leute", schimpft der Hobby-Detektiv leise vor sich hin.

Jetzt holt der Dieb das Geld aus dem Automaten und spaziert in die Bank hinein.

Diese Information gibt er an die Kommissarin weiter.

Die ist auf dem Weg zu ihm. Er selbst betritt die Bank. Beobachtet den jungen Dieb, der in der Schlange vor dem Schalter steht.

Lässt er sich in puncto Geldanlage beraten? Ein Grinsen läuft über das Gesicht des alten Mannes. Der Dieb dreht sich um und sieht ihn an. Er grinst zurück und lacht leise vor sich hin.

Dir wird gleich das Lachen vergehen, geht es dem Älteren durch den Kopf und dabei fällt ihm der Auftrag der Chefin, seiner Ehefrau ein.

Dreihundert Euro bei der Sparkasse abzuheben. Das darf ich nicht vergessen und schlendert zum Geldautomaten.

„Unser gemeinsamer Freund steht vor dem Schalter in der Schlange, um sich beraten zu lassen",

Diese neue Information hat die Kommissarin erreicht. Sie ist bereits an der Fußgängerzone und befährt diese bis zum Vordereingang. Andrea und ihr Kollege verlassen das Fahrzeug und betreten die Bank.

Ihr Helfer hat sein Geld abgehoben und steht jetzt still an der Ecke, die für die Wartenden eingerichtet ist.

Als die beiden Polizisten sich im Raum aufhalten, bemerkt der junge Dieb sie und versucht, unauffällig zu verschwinden. Es gelingt ihm nicht! Mit der schnellen Reaktion des grinsenden Mannes von vorhin hat er nicht gerechnet. Der hat ihm ein Bein gestellt, als er bei ihm vorbei kam. Bis er sich aufgerappelt hat, hat sich die Welt für ihn verändert.

Der Taschendieb ist gefasst. Der treibt hier sein Unwesen nicht mehr.

„Ausgezeichnete Leistung! Wenn ich Sie nicht hätte", lobt Andrea Hellier ihren Helfer.

„Ja, das sagt meine Frau auch immer. Ich verschwinde dann mal", die Chefin wartet auf mich.

Andrea winkt ihm zu, als er sich umdreht.

Nicht nur er winkt zurück, sondern eine zweite Hand.

Kapitel 66

Simone und ihre Freundin Uta begrüßen sich herzlich.

„Hast Du Zeit auf eine Tasse Kaffee?", fragt Uta und strahlt sie dabei an.

„Ja, gerne, die Rabauken schlafen und zuhause wartet keiner auf mich. Frank ist auf Dienstreise und kommt morgen zurück. Essen für die Schreihälse habe ich dabei."

Simone lächelt bei ihrer Antwort die Freundin an.

Diese schaut in den Kinderwagen und meint:

„Oh, sind die zum Knuddeln."

Voller Stolz strahlt Simone. „Ja, das findet sie auch."

Beide schieben jetzt über die Brücke zum Café im Park. Unter einem Sonnenschirm finden sie einen Platz.

„Zwei Kaffee und dazu Mandelhörnchen", bestellt Uta, ohne Simone zu fragen, als der Besitzer vor ihnen steht.

„Entschuldigung! Ich habe nicht nach deinen Wünschen gefragt. Soll ich die Bestellung ändern? Der Chef, Niels, ist flexibel und außerdem gelernter Bäcker, das schmeckt man beim Verzehr der Teigwaren."

„Klar, seine Kuchenstücke schmecken nach mehr. Die Mandelhörnchen sind die Besten, die ich kenne."

Umgehend steht die Bestellung vor ihnen.

Nach einer Weile kommt der Chef erneut an den Tisch und fragt:

„Stimmt das, dass die Frau, die sich bei der Feier am Freitag hier rumgetrieben hat, mittlerweile in der Psychiatrie ist? Gäste haben mir von dem Vorfall, der sich gestern bei der Bank ereignet hat, erzählt. Die sind sich sicher, dass sie einen Nervenzusammenbruch erlitten hat und Drogen nimmt!"

„Das ist ja unglaublich, was Sie gehört haben."

Aber ich war am Freitag nicht hier. Verwechselt er mich mit Andrea? Wir sehen uns doch nicht ähnlich, überlegt Simone und hört ihm weiter zu.

„Ja, sie hat sich dort hinter der Hecke versteckt. Die Hochzeitsgesellschaft beobachtet, leise vor sich hin geschimpft. Ein paar unschöne Worte habe ich verstanden. Als ich bemerkt habe, dass sie Steine bei sich hatte, und beabsichtigte damit zu werfen, habe ich sie gestoppt und der Fläche verwiesen. Ein Tumult dieser Art schädigt das Geschäft! Nicht mit mir!"

Simone denkt:

Das habe sie am Freitag nicht mitbekommen. Gott sei Dank.

Ein Ehepaar setzt sich an den Nebentisch. Der Chef des Cafés spaziert zu ihnen hinüber und fragt nach den Wünschen.

„Du strahlst so, Uta. Fühlst Du dich blendend?"

„Ja, das stimmt. Ich habe einen Mann kennengelernt. Er ist nett und liebevoll. Ich bin total verliebt in
ihn und Samuel vergöttert meinen Freund."

Uta strahlt Simone an. Ein glückliches Lächeln
umspielt ihren Mund.

„Wo habt ihr euch das erste Mal gesehen?"

„Simone, stell dir vor, beim Stadtfest. In dem Gewühl
wollte ein junger Mann mein Portemonnaie stehlen.
Er hat es zum Glück bemerkt und dadurch verhindert. Gott sei Dank! Ich habe ihn für seine Tat ein Eis
spendiert. Später haben wir uns wieder gesehen. "

„Und ihr seid zusammen?"

„Ja, erst war ich skeptisch, als er seinen Beruf
genannt hat aber jetzt nur noch glücklich. Mit einem
anderen Vertreter aus dieser Branche habe ich
gleich nach dem Tod meines Mannes ungute Erfahrungen gemacht. Der hatte es nur auf das Vermögen
abgesehen. Bedingt durch den Todesfall hatte er
Einblick in die Vermögensverhältnisse. Aber Louis
ist ein anderer Mensch."

Uta lächelt verliebt.

Kapitel 67

Dieser Arbeitstag hatte es in sich. Erschöpft lässt Andrea sich auf der Terrasse in den Liegestuhl fallen. Ein Kännchen Tee auf dem Stövchen und zwei Scheiben Brot dick belegt mit Käse. Weintrauben und Erdbeeren, als Näscherei auf einem zweiten Teller. Genussvoll beißt sie hinein und schiebt sich dazu eine Frucht in den Mund.

„Ist das lecker", seufzt sie und isst weiter.

Kaum hat sie ihr Brot auf, da fallen ihre Augen zu. Sie gleitet in einer anderen Welt. In ihre Arbeitswelt! Die drei Jungen berichten ihr von ihrem Einsatz heute um 16 Uhr. Jetzt steht Bertil Meyer, von der Drogenfahndung, daneben. Er bespricht etwas mit ihnen. Sie versteht es nicht. Mist! Sie ruft den Jungen zu:

„Seid vorsichtig!", sie hören sie nicht. Werden kleiner und verschwinden am Horizont. Er ist blau sowie die Wellen. Weiße Schaumkronen sind darauf zu sehen, die zu Simon hingleiten. Ihr Geliebter ist bei ihr. Ein wohliges Gefühl breitet sich in ihrem Inneren aus. Wie kommt sie hierher?

Dieser angenehme Traum hält sie gefangen. Bis er mit einem Kuss endet. Andrea schlägt die Augen auf und sieht ihren Freund.

Simon steht neben ihrem Liegestuhl und küsst sie zärtlich auf den Mund. Sie schließt ihre Lider wieder, um das warme Gefühl weiter auszukosten. Langsam öffnet Andrea ihre Augen und sieht ihn liebevoll an.

„Im Traum wurde ich geküsst. Ein Glücksgefühl durchströmte mich. Wie ein Kuss von dir. So jeden Morgen wach zu werden, das wäre ein Traum."

„Eine meiner leichtesten Übungen", antwortet er ihr.

Andrea räkelt sich und steht auf, um sich von Simon in die Arme nehmen zu lassen. Es ist so aufregend, von ihm geliebt zu werden, schießt es ihr durch den Kopf, als die Schmetterlinge in ihrem Bauch aktiv werden.

„Verschwinden wir ins Schlafzimmer, Simon?"

„Oh, Madam hat Bedürfnisse, dass so früh am Abend. Womit habe ich das verdient?"

Er wirbelt Andrea herum und nimmt sie an die Hand, als es an der Tür klingelt. Beide sehen sich an und fangen an zu lachen.

„Das Glück ist nicht auf unserer Seite", meint Simon trocken. Andrea grinst.

„Hast Du Besuch für heute Abend eingeladen?"

„Nicht, dass ich wüsste."

Auf dem Weg zur Haustür schaut sie in den Spiegel und stellt für sich fest, dass sie sich so vor der Tür sehen lassen kann.

Es klingelt erneut. Andrea öffnet die Tür. Ein riesiger Blumenstrauß wird ihr hingehalten.

„Moin, soll ich hier abgeben", sagt der Bote.

Ihr Freund kommt hinter ihr bei der Tür an.

„Danke!", zu Simon geneigt fragt sie:

„Hast Du bitte einen zehn Euro-Schein für mich?"

Er greift in seine Hosentasche und holt die Geldbörse heraus.

„Tun es zwei 5 Euro-Scheine?"

„Scherzkeks!"

Erfreut zieht der Blumenbote mit dem Trinkgeld ab.

Kapitel 68

Andrea kommt aus dem Schlafzimmer und setzt sich in der Küche an den Tisch. Die Zeitung liegt bereit neben der Tasse duftendem Kaffee. Simon hat Brötchen geholt und ist nach einem schnellen Frühstück ins Büro gefahren. Sie hat Muße ihre Mahlzeit zu genießen. Ein Körnerbrötchen mit Erdbeermarmelade ist ein Genuss.

Ihr Blick fällt auf den farbenfrohen Blumenstrauß von gestern Abend. Wer hat ihn ihr geschickt?

Aus der beiliegenden Karte wird sie nicht schlau. Es steht nur ein Wort darauf.

DANKE

Ja, wer hat ihr den Strauß geschickt?, erneut dieser Gedanke, der vor Sekunden durch ihren Kopf schwebte.

Simon streitet ab der Absender zu sein.

So geschmackvoll, wie er zusammengestellt ist, könnte er von ihm sein. Ein Rätsel, dass sie mit Sicherheit lösen wird.

Sie schlägt die Zeitung auf. Kein Artikel erregt ihre Aufmerksamkeit, während sie umblättert. Hier in Braake/Aue herrscht „Saure Gurken-Zeit". Jetzt hat Andrea wieder die Seite drei vor sich und überlegt, ob sie die Zeitung beiseitelegt, oder schaut, was das Maskottchen zu erzählen hat.

Gerne liest sie sich diese kleinen Geschichten durch. Witzig, nein eher lebensnah werden dort Erlebnisse geschildert. Manchmal Satire pur.

Heute lautet die Überschrift: „Hilfe! Ich brauche ein neues Auto."

Sie fängt an zu lesen. Ist das Satire pur?

Der Autor dieses Artikels spekuliert, wie er zu einem neuen Auto kommt, ohne einen Euro dafür auszugeben. Das Ergebnis seiner Überlegung ist, dass man eine Frau so reizt, dass sie vor lauter Wut sein Auto zertrümmert. Die eigene Ehefrau ist dafür ungeeignet.

Wie wahr, denkt Andrea. Woher hat er nur diese Idee?, überlegt sie. Ihr Blick fällt auf die nächste Zeile.

Die Versicherung würde bei direkten Verwandten nicht zahlen, aber eine verflossene Geliebte, die in Rage bracht wird, ist die Lösung. Wie schafft man diesen Zustand? Mit verletzenden Worten. Ja, es würde mit Sicherheit helfen, ihr zu sagen, dass das eigene Auto nicht so viele Macken hat wie sie.

Das Gesicht von der Frau möchte ich sehen, geht es Andrea durch den Kopf. Sie liest weiter.

Und dass er sein Auto immer mehr geliebt hat als sie. Dann als Krönung obendrauf: „Ja, so bei Tageslicht sähe sie nicht sexy aus, sondern alt."

Mit Sicherheit erfolgt nach dieser Schmähung die Reaktion umgehend, wie so mancher Polizeieinsatz zeigt. Das „Lieblingsstück" hat dann nur Schrottwert. Jetzt investieren sie in Autozeitschriften, um den Wunsch aller Wünsche zu realisieren. Diese Investition im niedrigen Geldbetrag lohnt sich. Keine Geldanlage der Welt bringt ihnen diese Rendite.

Warnung: Nicht für den täglichen Gebrauch geeignet!

Dem Autor flog mit Sicherheit gestern die Idee zu.

Nach dem Lesen des Artikels gehen Andreas Gedanken zu ihrer Arbeit durch den Kopf und sie stellt fest - in ihrem Mordfall verändert sich nichts. Zur Entlastung von Marco Leismann tauchen keine neuen Beweise auf.

Heute sieht sie sich auf jeden Fall die Kontoauszüge der Toten an. Vielleicht entdecken sie oder Holger, der mit Sicherheit einen Blick darauf wirft, einen brauchbaren Hinweis.

Ihr gestriger Erfolg war der Zeitung keine Zeile wert. Ja, die Tipps von Herrn Meyer-Roth sind goldrichtig. Er hat Zeit, das Geschehen zu beobachten und ist sicher in der Bewertung der Lage.

Ihre Gedanken schweifen ab, zu dem Vorschlag, den Simon gemacht hat. Ist sie schon bereit für eine gemeinsame Wohnung? Ja, das ist die Frage. Dieser Zustand, so wie er ist, gefällt ihr. Sie braucht sich nicht heute oder morgen zu entscheiden.

Plötzlich fällt ihr das Gespräch, das ihre Freundin

mit ihr geführt hat, ein.

So scheinheilig eingestreut, dass sie Simon mit anderen Frauen gesehen hat.

Ja, ihre Freundin streut gerne Hundehaare.

Das Simon ein gutaussehender Mann ist, das sieht nicht nur sie, sondern bemerken auch andere Frauen.

Dass er Affären hat, traut Andrea ihm nicht zu. Dazu sind sie zu vertraut miteinander. Ja, wie gut kennt man einen Menschen? Jetzt fängt sie an zu philosophieren, dabei hat sie andere Probleme zu lösen.

Er hat sich freundlich und unverbindlich mit den Frauen unterhalten. Er ist es gewohnt mit Leuten zu kommunizieren.

Dieser Spektakel gestern auf dem Bankparkplatz galt Simon, da ist Andrea sich sicher.

In Ihrem Wahn hat Nicole Nussbaum das falsche Auto erwischt.

Sie stand mit Sicherheit unter Medikamenten oder Drogen.

Ihrer Raserei hat ihr zwei Anzeigen und eine Einweisung in die Psychiatrie eingebracht. So schnell wird sie nicht wieder auf die Menschheit losgelassen.

Ja, was eine Eisenstange so anrichtet. Autos lassen sich reparieren, aber was ist mit den Menschen?

Aus ihren Gedanken in der Realität angekommen, merkt sie, dass es Zeit wird, zur Dienststelle zu fahren. Es wartet Arbeit auf sie.

Kapitel 69

Es kitzelt in seiner Nase. Ein Niesen kündigt sich an.

„Scheiße", murmelt Bertil Meyer leise vor sich hin.

Er versucht, ihn zu unterdrücken. Es gelingt ihm nicht, den je mehr er ihn unterdrückt, desto intensiver möchte sich dieser Nieser befreien. Bestimmt in der Lautstärke eines Kanonenschlags.

Leise schleicht er sich zum nächsten Gebüsch. Auf was tritt er? Vor lauter Schreck vergisst er das Niesen. Die Operation darf er nicht gefährden. Mehr als tausend Beamte sind bundesweit und im angrenzenden Ausland genau zu diesem Zeitpunkt kurz vor den Einsätzen.

Jetzt hört er den Befehl!

„Zugriff!"

Sein Niesreiz kommt zurück. Zum Glück nicht so intensiv. Am besten bleibt er hier stehen, da er zu der Rückhut gehört.

Es beginnt! Innerhalb von kurzer Zeit sind die Kollegen im Haus. Nehmen die Verdächtigen fest. Sie werden im Schlaf überrascht. Keine Gegenwehr! Sein Einsatz fängt an!

Die Beweismittel sichern, in vorgesehene Kisten packen und zu den Dienstfahrzeugen tragen.

Der „Leichnam" hinter dem Gebüsch erweist sich später als zäh. Er wehrt sich heftig in den Sarg gelegt zu werden.

Wie gut, dass er nur zum Niesen nach hinten gegangen ist und nicht zum Pinkeln.

Der Mann kommt ihm bekannt vor.

Klar jetzt fällt es ihm wie Schuppen von den Augen.

Kapitel 70

Auf dem Parkplatz vor dem Polizeigebäude ist der Teufel los. Gut, dass Andrea mit dem Fahrrad zur Arbeit gefahren ist. Für den Drahtesel findet sich immer ein Plätzchen.

Bertil läuft ihr über den Weg. Er strahlt sie an.

„Moin Kollegin, deine Informanten sind Gold wert."

Andrea sieht ihn erstaunt an.

„Kläre mich bitte mal auf. Über diesen Personenkreis verfüge ich nicht."

Bertil grinst und meint dann:

„Na, Grabben haben sie schon im Kopf, aber der Tipp von Kevin war nicht zu verachten."

„Ach, Du meinst die drei Jugendlichen."

„Als Belohnung wünschen sie sich Cocktailknobeln mit dir und Holger. Was das wieder zu bedeuten hat, kann ich dir nicht sagen."

Andrea fängt an zu lachen:

„Ja, das haben wir früher einmal mit ihnen veranstaltet. Die Belohnung ist, knobeln um alkoholfreie Cocktails. "

„Klingt nach Spaß."

„Was hat der Auflauf auf dem Parkplatz zu bedeuten?", fragt Andrea.

„Ach hast Du nicht gehört, was heute in den frühen Morgenstunden los war?"

„Nein, wie sollte ich, bin gerade angekommen", antwortet Andrea ihm.

„Ja, wir haben heute früh ein paar Ganoven aus dem Bett geholt. Jetzt sind die Kollegen mit der Auswertung der Beute beschäftigt."

„Respekt", antwortet Andrea ihm.

„Übrigens einen lebendigen Toten hatten wir auch dabei."

„Kommt mir bekannt vor. Hatte er das gleiche Mittel im Blut?"

„Keine Ahnung! Auf ihn hat auf jeden Fall keiner gepinkelt."

Andrea fängt an zu lachen.

„Hattest Du das vor?"

„Nein, ich habe mir nur ein Plätzchen zum Niesen gesucht und bin dabei über ihn gestolpert. Er ist erst erwacht, als er in den Sarg gelegt wurde. Er ist unter dem Namen „Gustav" gekannt."

„Bertil, das ist doch der Mann, der die drei Jungs angesprochen hat und sie mit kleinen Aufgaben betraut hat."

„Stimmt, sie haben ihn heimlich fotografiert und mir das Foto zukommen lassen. Dadurch konnte ich ihn identifizieren. Die Jungs trauen sich was."

„Hast Du Emil Meyer helfen können? Er wurde doch erpresst."

„Ja! Er ist raus aus dem Schneider. Er hat sich mit

professioneller Hilfe gegen die Erpresser gewehrt!"

„Und wie?"

„Das ist unser Geheimnis. Vielleicht erzählt er es Dir später."

„Ist er noch in Braake/Aue?"

„Keine Ahnung. Tschüs Andrea, ich geh mal an meinen Schreibtisch. Die Arbeit wartet!"

„Tschüs", antwortet sie und schaut erstaunt hinter ihm her und fragt sich: Was hat er mir verschwiegen?

Kapitel 71

Auf ihrem Weg ins Büro klingelt das Handy. Sie wirft einen Blick darauf und nimmt ab.

„Hallo Andrea, klappt es heute mit unserem Treffen?"

Sie hätte ihre Freundin fast vergessen.

„Klar, heute nach dem Dienst habe ich Zeit, außer es kommt etwas Wichtiges rein. Im Augenblick ist in der Dienststelle der Teufel los. Wo treffen wir uns?"

„Komm doch zu mir zum Kaffee. Hast Du Bilder von der Hochzeit deiner Tochter?"

„Ja, Simone, ein paar aber ich bitte Miriam und Philipp mir die schönsten Fotos zu schicken. Bis nachher. Ich freue mich! Tschüs."

„Tschüs!"

Simone legt auf. Andrea kommt in ihrem Büro an und öffnet die Tür. Holger sitzt schon am Schreibtisch und schaut kaum hoch.

Hat er schlechte Laune?, schießt es ihr durch den Kopf.

„Moin, Holger, alles im grünen Bereich?"

„Guten Morgen, ich denke schon. Knacke hier an einer Nuss."

„Hast Du keinen Nussknacker?"

Holger fängt an zu lachen.

„Du hast recht! Der fehlt mir", antwortet er ihr.

„Sag mal, verschickst Du Blumen?"

Holger sieht sie erstaunt an und antwortet:

„Nein! Wie kommst du darauf?"

„Gestern Abend habe ich einen Blumenstrauß erhalten. Simon behauptet steif und fest, dass er es nicht war. Von dir ist er nicht. Wer ist der Absender? Es stand ein Wort auf der Karte – **Danke.**"

„Mysteriös." Aber bis jetzt hat sich alles aufgeklärt. Du wirst sehen, dass in den nächsten Tagen dein Blumenfreund auftaucht und sich so zu erkennen gibt."

„Ja, so wird es sein. Zeig mal, an welcher Nuss Du knackst."

„Andrea, es sind die Kontoauszüge von unserem Mordverdächtigen."

„Und was bereitet dir Sorgen?"

„Wie konnte er überleben, wenn er kein Geld ausgegeben hat, sondern nur eingenommen hat."

„Manche leben von Luft und Liebe", antwortet Andrea ihm und spricht weiter:

„Gut, er konnte mit Sicherheit bei der Toten gegen Mithilfe in der Gastronomie kostenlos Essen und wohnen, aber der Mensch hat weitere Ausgaben."

„Hat er ein zweites Konto, von dem er uns nichts erzählt hat?"

„Du hast recht, Holger, befragen wir ihn, aber erst sehen wir uns die Kontoauszüge der Toten an. Die liegen uns doch vor?", antwortet Andrea ihm.

„Schau mal, alle sauber abgeheftet."

Ihr Kollege zeigt auf die roten Hefter.

„Dann geh ich mal ran an den Feind."

Andrea setzt sich an ihren Schreibtisch, um einen Blick auf das Konto bei der hiesigen Bank zu werfen. Nach einer Weile entdeckt sie eine Überweisung in Höhe von 30.000,00€ an Renate Hermann, der Galerie-Mitarbeiterin und Freundin der Toten.

Was hat das zu bedeuten? Ist sie in diesen Todesfall verwickelt? Vielleicht sogar die Mörderin? Einen Schlüssel für die Gaststätte besitzt sie.

Kapitel 72

Miriam und Philipp sind nach der Hochzeitsnacht aus ihrem Zelt ausgezogen und mit dem Zug an die Nordsee gefahren.

Die drei Nächte in der Hochzeitssuite im 5 Sterne-Hotel in St. Peter Ording, die Philipps Vater ihnen spendiert hat, waren die Wucht. Luxus pur im Zimmer und Bad. Die Herzbadewanne ein Hingucker. Rosenblätter auf dem Rand verstreut. Ein Tablett mit zwei Sektgläsern und eine Flasche rosa Sekt darauf. Eine gelungene Überraschung.

Nur das Wasser der Nordsee war zu weit weg. Ihr Timing war nicht so gut – immer Ebbe.

Sie treffen wieder bei dem Haus von Philipps Vater in Braake/Aue ein.

Saskia und Emil Meyer wollten das Zelt in der Zwischenzeit abbauen. Leider nicht geschehen!

Bevor sein Vater ärgerlich wird, kümmern die beiden sich darum. Was hat die anderen nur davon abgehalten? Vielleicht die Liebe?

Telefonisch sind sie nicht zu erreichen.

Ob Emil wegen Mordes im Gefängnis gelandet ist, und Saskia versucht, ihn einen Anwalt zu beschaffen?

Es ist eher unwahrscheinlich, dass er mit dem Mord an der Frau auf dem Foto in Verbindung gebracht wird, da es sich um eine Sexpuppe handeln soll. Außerdem erinnert sein Freund sich an nichts.

Philipp will auf jeden Fall seine Schwiegermutter anrufen und sie dazu befragen.

Miriam blickt auf ihr Handy und sieht eine WhatsApp von ihrer Mutter. Sie öffnet sie und liest die Bitte:

„Meine Süße schickst Du mir einige Fotos von eurer Hochzeit. Du weißt ja, die Erinnerung ist wichtig.

Ihr schießen Tränen in die Augen. Die Gedanken an ihren Vater überkommen sie in diesem Augenblick. Schade, dass er ihre Heirat nicht erlebt hat, da er seit vielen Jahren verschollen ist. Ihre Mutter hat ihn für tot erklären lassen. Sie dreht ihr Gesicht so, dass ihr Mann die Traurigkeit nicht sieht.

„Philipp meine Mutter bittet um Bilder von unserer Hochzeit. Schickst Du ihr ein paar. Saskia hat die Aufnahmen mit deinem Handy geschossen und einige mit dem Fotoapparat. Hat sie dir die Fotos geschickt?"

„Klar und ein Selfie von uns und schon hat meine Schwiegermutter alles, was ihr Herz begehrt."

Er lacht und zückt sein Handy, um ein Foto von Ihnen zu schießen. Die WhatsApp wird mit lieben Grüßen von Miriam und Philipp abgeschickt.

Es ist abgebaut. Nur im Schuppen ist kein Platz dafür. War es vorher nicht dort? Wer hat für diese Unordnung gesorgt? Alles ist durcheinander. Was hat Vati hier gesucht? Oder war er es nicht? Aber wer dann?, schießt es Philipp durch den Kopf.

Es ist eindeutig das Zelt seiner Familie, das er und Saskia mit den Eltern benutzt haben. Er hat es an der Zeichnung, die sich im Inneren rechts neben der Türöffnung befindet, erkannt. Seine Mutter war damals sauer über die Verschönerung - sein Vater hatte laut gelacht. Ja, das ist alles schon viele Jahre her.

„Wo lassen wir das Zelt?", Miriam schaut ihn erwartungsvoll an.

Er überlegt einen Moment und meint dann:

„Hinter dem Bootsanleger ist der Bootsschuppen, vielleicht hat das Zelt dort die ganzen Jahre gelagert."

Gesagt, getan! Beide gehen zum Schuppen und finden die Tür angelehnt.

„Hallo!", ruft Philipp. Miriam bleibt hinter ihm stehen.

Was hat das zu bedeuten?, schießt es ihm durch den Kopf.

Er stößt die Tür auf. Miriam schaut über seine linke Schulter und fängt an zu schreien.

Kapitel 73

Andrea wählt die Telefonnummer von Renate Hermanns Handy. Es hört nicht auf zu läuten. Sie nimmt nicht ab. Komisch! Hat sie sich abgesetzt. Ist Frau Hermann im Mord an ihre Freundin verwickelt? Die Mörderin?

Ja, dreißigtausend Euro sind kein Pappenstiel. Wofür hat sie das Geld benötigt? Das ist die Frage aller Fragen. Nur bleibt sie ihr im Augenblick die Antwort schuldig.

Es klopft an der Tür.

„Herein", ruft sie.

Die Tür öffnet sich und Emil Meyer und Saskia kommen ins Zimmer. Die Kommissarin Andrea Hellier sieht beide erstaunt an.

„Hallo", sagen sie wie aus einem Mund.

„Was treibt euch hierher?", fragt die Polizistin.

„Ja, wir haben unten den Fall geschildert", antwortet Saskia ihr.

„Na, dann mal raus mit der Sprache!"

„Wir vermuten, dass sich ein Toter hinter Vatis Grundstück befindet."

„Wie kommt ihr auf die Idee?", Andrea sieht sie bei der Frage gespannt an.

„Na, wir waren spät mit dem Zeltabbau dran. Es hat Spaß gebracht, darin zu übernachten. Das Zelt war ja frei, nachdem unser Hochpaar abgereist ist.
In der letzten Nacht haben wir Geräusche gehört. Wir waren kurz wach", antwortet Simons Tochter ihr.
„Wollen wir nachsehen, was draußen los ist", habe ich Saskia gefragt, meint Emil.
„Ich habe mich an ihn gekuschelt und dabei sind wir eingeschlafen", sie lächelt entrückt.
Ein neues Liebespaar. Die beiden hat es richtig erwischt, denkt die Kommissarin.
„Wie kommt ihr drauf, dass sich ein Toter hinter dem Grundstück befindet?" , fragt Andrea Hellier erneut.
Holger, der mittlerweile den Raum betreten hat, hört gespannt zu.
„Wir sind heute Morgen spazieren gegangen und am Bootshaus und Steg vorbei zum Lokal „Gertrud", wo das Frühstück lecker ist", erzählt Saskia weiter.
„Auf dem Rückweg haben wir etwas knallen gehört. Es war kein Sektflaschenkorken. Zu laut! Bestimmt ein Schuss!"
Ich habe Saskia hinter einen Rosenstrauch gezogen. Dort haben wir abgewartet und den Steg und die beiden alten Gebäude im Auge behalten. Wir haben uns nicht getraut, in die Nähe des Schuppens zu gehen. Keine Person hat sich, als Saskia und ich auf Lauer lagen, von dort wegbewegt. Der Täter war mit Sicherheit im Gebäude. Zehn Minuten später sind wir zur

Bushaltestelle gelaufen, da wir den Bus in der Ferne gesehen haben. Er fuhr bis zum Bahnhof", setzt Emil den Bericht fort.

„Warum habt ihr nicht zum Handy gegriffen und hier in der Dienststelle angerufen?", fragt Holger, der sich ins Gespräch einmischt. Er ist angefressen durch das weltfremde Verhalten der Verliebten.

„Unsere Handys liegen bei Vati im Haus. Wir wollten heute Morgen nicht gestört werden. Wir sind dabei uns kennenzulernen."

„So, so, es geht auch ohne ständigen Kontakt zu euren sozialen Netzwerken, aber besser wäre es schon gewesen, wenn ihr die Handys eingesteckt hättet. Merkt es euch", antwortet Holger Meinert mit leicht angefressener Stimme.

Der ist genervt, das hört Andrea an seinen Stimmnuancen. Ihr Handy klingelt.

Sie blickt aufs Display. Miriam ruft an.

„Nein nicht jetzt! Bestimmt möchte sie mir von ihrer Hochzeitsreise berichten. Dafür habe ich den Kopf nicht frei, denkt Andrea.

Sie ist kurz davor sie wegzudrücken, nimmt jedoch das Gespräch an.

„Meine Süße, lass uns später telefonieren? Ich stecke mitten in der Arbeit,"

„Mutti, hier ist mehr Arbeit für euch", eine leise zitterige Stimme dringt an ihr Ohr.

„Was ist los? Wo seid ihr?", diese zwei Fragen schießen sofort aus ihrem Mund.

„Wir sind am Bootsanleger bei Simons Haus. Eine Tote oder Schwerverletzte liegt im Schuppen."

„Wir kommen!" Sie beendet das Gespräch.

„Holger, wir müssen los!"

Nach dieser Aufforderung greift, Andrea erneut zum Hörer und bittet die Spurensicherung zum Bootsanleger zu kommen. Sie gibt die Anschrift an und fordert ebenfalls einen Krankenwagen mit Notarzt an.

Zu den beiden Verliebten gewandt fragt die Kommissarin:

„Sollen wir euch bis zum Haus deines Vaters mitnehmen, Saskia?"

Beide nicken und verlassen mit den Kommissaren das Gebäude.

Innerhalb von ein paar Minuten halten sie vor dem Grundstück.

„Ihr bleibt beim Haus. Wir brauchen keine Zuschauer", diese Anweisung von Andrea erfolgt mit ernster Stimme.

Saskia und Emil gehen zur Haustür und schließen diese auf und betreten das Haus, während die beiden Kommissare zum Bootsanleger laufen. Davor stehen Miriam und Philipp und sehen ihnen entgegen.

Er zeigt auf den alten Schuppen:

„Darin liegt sie."

„Danke, geht bitte zurück zum Haus."

Holger und Andrea öffnen vorsichtig die Tür. Sie

nehmen zwar nicht an, dass sich außer der Person noch jemand im Schuppen befindet.

Auf dem Boden liegt die Verletzte oder Tote. Eine Schussverletzung kann die Kommissarin auf dem ersten Blick nicht wahrnehmen. In dem Schummerlicht leuchten sie die Person mit der Taschenlampe an, um zu erkennen wer dort liegt und den Tod oder den Grad der Verletzungen festzustellen.

Die Person stöhnt und bewegt sich leicht.

Holger ruft erneut bei der Spurensuche an.

Einige Minuten später hören sie in der Ferne Stimmen, die näher kommen.

„Oh, die Kollegen von der Spurensicherung sind aber schnell", bemerkt Holger.

Jetzt ist die Sirene vom Rettungswagen zu hören.

Andrea richtet erneut den Strahl der Taschenlampe auf den verletzten Menschen. Das Gesicht liegt im Schein des Lichts. Die Augen sind geschlossen. Ein Laut entweicht dem Mund.

Holger und Andrea sehen sich an. Erstaunen breitet sich auf ihren Gesichtern aus. Damit haben die beiden nicht gerechnet. Die verletzte Person kennen sie. Wer hat ihr das angetan?

Kapitel 74

Andrea schaut auf die Uhr. Es wird Zeit, ihre Arbeit zu beenden. Der Vormittag hatte es in sich und jetzt freut sie sich auf eine Tasse Kaffee bei ihrer Freundin. Mal sehen, was sie zu berichten hat.

Sie hat Fragen, die sie nicht ihr, sondern Simon stellen muss. Sie hat ihn leider telefonisch nicht erreicht. Heute Abend treffen sie sich. Freude kommt in ihr hoch.

Eine Frage, die ihr auf der Seele brennt ist: Warum war der Schuppen am Haus so unordentlich?

Das ist sonst nicht seine Art. Hat er etwas gesucht? Wenn was? Hängt es mit der Verletzten im Gebäude beim Bootsanleger zusammen?

Oder hat eine ihm unbekannte Person diese Räume genutzt?

Ja, viele Fragen, die sie sich stellt. Bekommt sie die Antworten, die sie befriedigen und ihre losen Fäden verknüpfen?

Andrea schnappt sich ihre Tasche und verlässt das Büro.

Ein: „Tschüs", in Holgers Richtung wird nicht beantwortet. Ihr Blick fällt auf seinen Arbeitsplatz. Er ist leer. Wann hat er das Zimmer verlassen?

Sie hat es nicht bemerkt. Mit den Gedanken bei der Arbeit. Bei den Rätseln, die sie nicht zu lösen vermag. Sind es ein oder mehrere Fälle. Hängen sie zusammen?

Einige Zeit später klingelt Andrea mit einem Blumenstrauß in der Hand an der Haustür von Simone. Ein bunter Strauß in den Farben, die sie selber liebt. Ja, lachsfarbene Nelken in zwei verschiedenen Tönen mit zartem Begleitgrün.

Stürmisch öffnet sich die Tür. Ein kleiner Junge steht vor ihr.

„Hast Du dein Polizeiauto mitgebracht. Darf ich damit fahren?"

Andrea sieht ihn erstaunt an. Das ist keiner der Zwillingsjungen. Die laufen nicht, dazu sind sie zu klein.

„Samuel, komm bitte zu mir", ertönt eine Stimme aus dem Wohnzimmer, wo die Tür offen steht.

Der Junge dreht sich um und läuft zurück. Diese Stimme hat sie schon einmal gehört. Nur wo?

„Komm rein, Andrea", ruft Simone ihr zu, die jetzt in der Wohnzimmertür steht und sie mit einer einladenden Bewegung hinein bittet.

„Hallo Simone. Findet bei dir ein Kaffeeklatsch statt?"

Ihre Freundin fängt an zu lachen.

„Klar können wir zu dritt klatschen. Uta ist unangemeldet vorbei gekommen. Sie möchte nicht bleiben, als sie erfahren hat, dass Du zu Besuch kommst. Ich habe versucht sie zu überreden, dass sie wenigstens eine Tasse Kaffee mit uns trinkt. Es sieht nicht erfolgreich aus."

Andrea betritt das Wohnzimmer und drückt ihrer Freundin Simone den Blumenstrauß in die Hand.

„Danke, Nelken sind doch Blumen des gewaltfreien Widerstands."

Andrea fängt an zu lachen und antwortet:

„Daran habe ich beim Kauf nicht gedacht und außerdem sind rote Nelken ein Symbol dafür."

„Stimmt! Sie haben Recht", mischt Frau Lesko sich ins Gespräch ein.

Sie wendet sich an Simone, um sich zu verabschieden.

„Tschüs, bis morgen."

Samuel hüpft um die beiden Frauen herum und ruft:

„Tschüs, tschüs, tschüs kleiner Kacker." Er strahlt übers gesagte verbotene Wort. Andrea kann sich ein Lachen nicht verkneifen.

Frau Lesko ist puterrot im Gesicht und sieht ihren Sohn strafend an, bevor sie ihn belehrt.

„Samuel, das sagt man nicht!"

Kaum hat sie den Satz ausgesprochen, da entschlüpft ihm das Wort mehrfach.

„Kacker, Kacker, Kacker."

Ein Pups kommt aus seinem kleinen Po.

Energisch nimmt seine Mutter ihn an die Hand und verlässt den Raum mit einem wiederholten:

„Tschüs!"

Als sich die Haustür hinter den beiden schließt, fangen die Frauen an zu lachen.

„Kinder sind alle gleich", meint Andrea, während sie sich eine Lachträne aus dem Auge wischt.

„Komm, setz dich ins Wohnzimmer. Die Kaffeetassen stehen schon auf dem Tisch. Kaffee und Leckereien hole ich aus der Küche. Schade, dass Uta nicht geblieben ist. Sie vermutet immer, dass sie stört. Das ist doch Quatsch! Du hättest dich mit Sicherheit gerne mit ihr unterhalten."

„Klar, da sie einen netten Eindruck macht."

„Ja, sie wirkt im Moment glücklich. Uta hat seit kurzer Zeit einen Freund, der mit Samuel liebevoll umgeht. Ein Glücksfall für sie nach dem Tod ihres Mannes und der Affäre, die sie später hatte. Der Lover hatte es auf ihr Geld abgesehen. Ein Witwentröster, der eigenen Art. Ja, er hatte beruflich bedingt Einblick in ihre Finanzen. Zum Glück hat sie es schnell gemerkt."

Simone verschwindet in die Küche, um Kaffee und Kuchen zu holen.

Ja, Heiratsschwindler hat es schon immer gegeben, denkt Andrea. Schade, dass nicht alle Frauen diese Männer anzeigen, die sie ums Geld erleichtern.

Sie kramt in ihrem Gedächtnis. Es fällt ihr im Moment kein Fall ein, der sich in Braake/Aue zugetragen hat.

Ob der Typ, von dem Simone gesprochen hat, Banker ist oder war? Aber mit ihrer augenblicklichen

Arbeit hat es nichts zu tun. Für sie ist es nur wichtig, so schnell wie möglich dem Täter auf die Spur zu kommen. Morgen werden sie und Holger die Freundin der Toten im Krankenhaus besuchen. Hoffentlich ist sie in der Lage den Täter zu beschreiben.

„Na, Andrea immer noch mit den Gedanken bei der Arbeit?"

Sie schreckt hoch und sieht ihre Freundin fragend an.

Simone fängt an zu lachen.

Andrea stimmt ein und meint dann: „Meine Gedanken sind abgeschweift."

„Du, das habe ich überhaupt nicht gemerkt." Sie lacht weiter.

Ein leichtes Weinen ist über die Babysprechanlage zu hören.

Die Frauen horchen. Das Geräusch verstummt.

Die beiden Kleinen schlafen weiter.

„Ich habe sie heute später ins Bett gebracht, damit wir wenigstens kurze Zeit, ohne gestört zu werden, quatschen können."

„Hm, dein Kuchen ist lecker. Hast Du den selber gebacken?"

„Klar, Andrea, für dich nur das Beste!"

„Jetzt trägst Du aber dick auf. Gibt es einen bestimmten Grund?"

„Nein, nicht wirklich."

Andrea sieht ihre Freundin fragend an und merkt,

dass sie eine Bitte hat."

„Mal raus mit der Sprache."

„Könntest Du in deinem Polizeicomputer eine Person überprüfen?"

Andrea sieht sie erstaunt an.

„So lange sie nicht Fall relevant ist, nicht. Stellst Du eine Strafanzeige?"

„Nein!"

Andrea bohrt nicht nach und Simone schweigt sich aus.

Bestimmt will Sie den Freund von einer ihrer Töchter überprüfen lassen, vermutet Andrea.

Beide fangen später lebhaft an zu klönen, so dass die Zeit schnell vergeht.

Die Zwillinge werden wach. Andrea bespaßt sie, bis ihr Blick auf die Wohnzimmeruhr fällt, und sie mit Schreck feststellt, dass es schon so spät ist.

„Du, Simone, es wird Zeit für mich aufzubrechen."

„Schade! Es hat so viel Spaß gebracht, mit dir zu klönen."

Beide verabschieden sich an der Tür, als Andrea einen Zettel auf dem Fußboden entdeckt und ihn aufhebt. Ihr Blick fällt auf den Text. Blitzschnell schwirrt ein Gedanke durch ihren Kopf. Könnte das hier das fehlende Puzzlestück in ihrem Fall sein?

Kapitel 75

Bilder laufen durch ihren Kopf. Angst breitet sich aus. Was will er von ihr. Es ist doch ein Mann? Warum hat er sie von hinten angegriffen?
Jetzt liegt sie im Auto. Wie ist sie in das Fahrzeug hineingekommen? Es fährt langsam. Biegt ab auf einen Weg. Sie bemerkt, dass sich der Untergrund verändert hat. Der Wagen hält. Wie lange ist er mit ihr gefahren? Was macht er mit ihr? Womit kann sie sich wehren? Diese drei Gedanken kreisen durch ihren Kopf. Die Augen scannen hektisch ihre Umgebung ab. Es liegt kein Gegenstand im Kofferraum. Nichts zu entdecken.
Die Heckklappe öffnet sich. Helles Licht fällt ein. Es blendet sie. Die Augen schließen sich automatisch. Ein Knall - ein Stich? Nein!
Das herbe Herrenparfüm ist verschwunden. Wonach riecht es hier. Mühsam öffnet sie die Augen. Sie fallen sofort wieder zu. Wo ist sie? Nach dieser kurzen Wachphase übermannt der Schlaf die Frau erneut. Sie liegt wie tot im Dämmerlicht des Raumes. Stimmen nähern sich. Ein Schrei! Hat sie geschrien?
Nein! Was machen Sie mit ihr? Die Schmerzen! Die Schmerzen!

Stirbt sie jetzt? Dieser Gedankenblitz taucht auf und ist sofort wieder verschwunden.

Kapitel 76

„Ich dachte, dass ich nur zwei Kinder hätte, die erwachsen sind und nur sporadisch mir einen Besuch abstatten. Irre ich mich?", amüsiert Simon sich, als er das Wohnzimmer in seinem Haus betritt und die vier jungen Leute dort entdeckt.

Sie sitzen total entspannt auf den beiden Zweisitzern. Ihre Aufregung hat sich längs gelegt. Polizei, Rettungswagen und Notarzt sind vor Stunden abgefahren.

Nachdem es auf dem Grundstück wieder Ruhe eingekehrt war, haben sie gemeinsam das Zelt abgebaut und verstaut. Die Unordnung im Schuppen konnten sie sich nicht erklären. Sie haben auf jeden Fall, den Raum nicht so hinterlassen.

Die Polizei hat sich nicht darum gekümmert. Konnte sie nicht, weil keiner von ihnen sie darauf hingewiesen hat. Sie hatten es in der ganzen Aufregung vergessen.

„Vati, Du hast im Prinzip recht", antwortet Philipp ihm und grinst.

„Wir haben einem Menschen das Leben gerettet", mischt Saskia sich ein.

„Hier bei mir im Wohnzimmer? Ich glaube, ich schaue mir mal meinen Alkoholvorrat an. Was habt ihr um diese Uhrzeit bereits intus?"

„Vati, uns ist nicht nach Scherzen zu Mute", antwortet Philipp ihm. Miriam kuschelt sich an ihn.

„Unten im Schuppen neben dem Bootshaus lag eine Schwerverletzte, der wir das Leben gerettet haben", kommt die Erklärung aus seinem Mund.

Simon schaut ihn aufmerksam an. Ein verschmitztes Grinsen erkennt er nicht, aber Philipp kann mit ernstem Gesicht seine Storys an den Mann bringen.

„Märchen kann ich mir selber erzählen. Wer hinterlässt hier in der Idylle eine fast Tote. Wir sind nicht auf Sizilien, wo die italienische Mafia beheimatet ist."

„Ach Vati, in welcher Welt lebst Du. Die organisierte Kriminalität hat bereits Fuß im Norden Europas gefasst. Glaubst Du, dass sie vor Braake /Aue halt macht?"

„Kinder, so alt bin ich auch wieder nicht, dass die gesellschaftliche Veränderung an mir vorbei läuft. Also ist dort eine verletzte Person gefunden worden. Kennen wir sie?"

„Ob sie dir bekannt ist, wissen wir nicht. Uns ist sie auf jeden Fall nicht. Andrea und ihr Kollege, die wir benachrichtigt hatten, haben uns den Namen nicht mitgeteilt?"

„Philipp, mit Sicherheit waren sie mit anderen Sachen beschäftigt. Heute Abend bin ich mit Andrea verabredet. Mal sehen, was sie dazu zu sagen hat."

„Auf jeden Fall wird sie dich nach deinem Alibi befragen. Es könnte ja sein, dass Du eine frühere Ehefrau umgebracht hast, damit Du Andrea in Ruhe heiraten kannst, ohne wegen Bigamie angeklagt zu werden."

„Was habe ich nur für Kinder! Was ist bei eurer Erziehung falsch gelaufen? Mir einen Mord aus niedrigen Beweggründen zu unterstellen. Euch habe ich mit Sicherheit in der Kindheit die falschen Bücher vorgelesen."

Simon grinst die vier jungen Leute an.

„So ich geh mal ins Bad und dann zu Andrea."

„Und wo bleiben wir heute Abend. Wer gibt uns was zu essen."

„Kinder, wie alt seid ihr?"

Ein Gelächter folgt hinter ihm her.

„Hinterlasse bitte keine Unordnung im Bad, sowie im Schuppen am Haus. Ein Chaos hast Du dort angerichtet."

„War ich nicht, Philipp", Simon dreht sich nach der Antwort um und kommt zurück ins Wohnzimmer.

„Den Schuppen sehe ich mir jetzt an."

Er verlässt das Haus und die vier anderen ebenfalls. Dort angekommen, öffnet er die Tür. Licht fällt durch das Fenster in den Raum. Staub schwebt darin. Wird nicht von ihm wahrgenommen. Fassungslos schweift sein Blick über das Chaos. In den Regalen stehen wenige Gegenstäbe. Alles andere liegt durcheinander auf dem Boden.

„Da hat einer etwas gesucht!", stellt Simon fest.

„Nur was?"

„Vati, was fehlt?", fragt Saskia, die in sein fassungsloses Gesicht sieht.

Sein Blick schweift immer wieder durch den Raum. Schweigen herrscht zwischen ihnen. Nur ein Gartenrotschwanz fängt an, seine Geräusche von sich zu geben.

„Vati wann warst Du das letzte Mal im Schuppen und warum hast Du ihn betreten?", bei Miriam kommt die Polizistinnentochter durch, als sie ihre Fragen stellt.

Simon fängt an nachzudenken. Vor seinem inneren Auge sieht er das Paket, das auf seiner Terrasse vom Zustellerdienst hingestellt worden war. Seine neuen Kataloge, die aus der Druckerei per Zustellung gekommen waren. Die standen dort im Weg und deshalb hat er sie ins Regal gestellt. Der hellbraune Karton war schwer. Eben Papier!

Er blickt wieder aufmerksam in die Unordnung auf dem Boden.

„Das schwere Paket fehlt!"

Kapitel 77

Ein aufregender Abend liegt hinter ihr. Nach Simons Anruf hat sie ihren Kollegen Bertil informiert.

„Meyer, na, Andrea wo brennt es? Hast Du Drogen in deiner Handtasche gefunden? Man sollte seine Tasche nie ohne Aufsicht lassen. Entweder ist das Portemonnaie weg, oder Du wirst zum Drogenkurier."

Bertil ist witzig, wie immer. Sie lacht und antwortet ihm:

„Du, bei meinem Freund herrscht Unordnung im Nebengebäude."

„Unglaublich, wie schnell Männer ein Chaos verursachen. Meinst Du wirklich, dass ich dafür zuständig bin?",

kommt es umgehend aus dem Hörer.

„Nein, aber es fehlt ein vor ein paar Tagen geliefertes Paket. Simon hat angenommen, dass es sich bei der Lieferung um die bestellten Kataloge für die kommende Reisesaison handelt. Weil der Karton ihm im Weg stand, hat er ihn erst einmal ins Regal verfrachtet und ein großes Bild, das er mir noch zeigen wollte, davor gestellt. Das liegt jetzt beschädigt auf dem Boden.

Wir nehmen an, dass die Pakete bei der Lieferung vertauscht wurden."

„Klingt plausibel! Ich bringe die Spurensicherung und den Drogensuchhund samt Herrchen mit."

„Danke, Bertil!"

Andrea schnappt sich ihre Handtasche und überlegt kurz, ob sie mit dem Fahrrad zu Simon fährt. Entscheidet sich fürs Auto. Damit ist sie schneller bei ihrem Freund. Die Autoschlüssel wirf sie hinein. Die Haustürschlüssel befinden sich bereits dadrin.

Als sie ankommt, erwarten sie fünf Personen.

Simon begrüßt sie mit einem liebevollen Kuss. Die Aufregung ist ihm nicht anzumerken. Cool wie immer.

„Ich geh dann mal unter die Dusche", verkündet er und verschwindet.

„Mutti, schön, dass Du gekommen bist", Miriam ist von ihrem Platz aufgestanden und umarmt ihre Mutter. Die anderen drei nicken und lächeln ihr zu. Sie wirken nach der erneuten Veränderung angespannt. Der Tag heute hat ihnen zugesetzt. Mit einer Schwerverletzten haben sie nicht alle Tage zu tun.

Kurze Zeit später kommen die Kollegen und untersuchen den Schuppen. Sie nehmen Fingerabdrücke, finden dort keine Spuren von Drogen.

Der Hund wird fündig. Die Überraschung ist bei allen groß. Der Kollege hat nach dem Schuppen das

Grundstück weiträumig abgesucht. Hinter dem Gebüsch beim Bootsschuppen hat er angeschlagen. Ein Depot gefunden! Wer hat es dort angelegt?

Kapitel 78

„Guten Morgen, Andrea, treffen wir uns in einer viertel Stunde vor dem Krankenhaus? Ich habe mit der Stationskrankenschwester telefoniert. Unsere Verletzte ist vernehmungsfähig. Mal sehen, an was sie sich erinnert. Außerdem möchte ich wissen, was es mit der Zahlung von dreißigtausend Euro an sie auf sich hat."

„Moin, Holger, ich fahre gleich los."

Andrea legt den Hörer auf und trinkt schnell den Rest Kaffee aus, der sich in der Tasse befindet. Das Brötchen mit Erdbeermarmelade hat sie zum Glück schon aufgegessen.

Simon hat sich vor einer halben Stunde verabschiedet. Gestern Abend haben sie sich spät Schlafen gelegt.

Nach dem Abendbrot haben sie lange bei einem Glas Wein zusammen gesessen und gesprochen.

Mitten im Sprechen - es ging um das Paket, da zieht er sein Handy aus der Hosentasche und fängt an zu suchen.

Seine Freundin sieht ihn erstaunt an, wartet ab, nach was er sucht.

„Ich hab es Andrea", er reichte ihr das Handy.

Das Bild zeigte die Haustür, vor der sein Paket abgelegt worden war.

Es ist nicht seine Tür. Vom Paketboten falsch abgestellt. Zum Glück hatte er die Sendungsnachverfolgung nicht auf dem Handy gelöscht.

Sie hat sofort zum Telefon gegriffen und sich mit dem Kollegen Bertil in Verbindung gesetzt. Der hat zum Glück eine Nachtschicht eingelegt. Seine Antwort lautet: „Schickt uns sofort das Bild."

Nachdem er ihnen die Mailadresse gegeben hat, wurde das Foto von ihrem Freund weitergeleitet.

Andreas Gedanken sind wieder bei dem gestrigen Abend. Simon ist ihr Freund - ihre große Liebe. Erinnerungen an ihren Mann, den sie für Tod erklärt hat, sind kaum vorhanden. Auf jeden Fall wird sie nicht oft davon heimgesucht. Ihre Zukunft findet mit Simon statt.

Holger wartet vor dem Eingang auf sie. Zwei Raucher im Bademantel mit Hausschuhen stehen bei einer Bank. Die ersten Rispen der Prachtkerzen entwickeln sich. Der Sommer kommt. Ihr Kollege genießt die Sonnenstrahlen, die ihn wärmend erreichen.

Andrea stellt ihr Fahrrad an Ständer ab und schlendert zu ihm. Beide betreten das Krankenhaus und steigen die Treppe hoch in den ersten Stock.

Öffnen die Tür und erstarren. Sie sind sofort am Bett und hindern den Mann daran, der Patientin weiter das Kissen aufs Gesicht zu drücken.

Holger und sie sind zur rechten Zeit gekommen, um einen Mord zu verhindern. Sollte Frau Hermann jetzt erstickt werden?

Es ist doch die Schwerverletzte vom Schuppen am Bootsanleger, die hier im Bett liegt? Andrea vergewissert sich. Ja, das Gesicht, wenn auch blass und angsterfüllt, gehört ihr.

Andrea hat den Mann sofort erkannt. Sie spricht ihn mit seinem Namen an.

„Herr Dierk, wir nehmen sie fest, wegen des versuchten Mordes an Frau Hermann."

Holger schaut sich den Mann an. Er kommt ihm nicht bekannt vor.

„Ich wollte der Kranken nur ein Kissen unter den Kopf legen", antwortet dieser schnell.

„So, so, das haben wir anders gesehen", entgegnet Holger und holt die Handschellen aus der Tasche.

Bereitwillig hält er seine Hände nicht hin. Er versucht sogar, ihn zu schupsen.

„Lassen Sie den Angriff auf einen Polizeibeamten. Das verbessert ihre Lage nicht",

schnauzt Andrea den Bestatter an.

Er verharrt einen Moment, den Holger nutzt, um die Handschellen anzulegen.

Ja, er ist festgenommen wegen Mordversuchs. Hat er sie verletzt im Schuppen am Bootshaus zurückgelassen? Warum hat er diese Verbrechen begangen? Wenn er nicht bei der Vernehmung schweigt, dann bekommen sie eine Antwort auf ihre Fragen.

Andrea ruft die Kollegen in der Dienststelle an, damit er abgeholt wird. Mit dem Fahrrad kann sie ihn kaum transportieren. Die ungläubigen Blicke der Menschen, die ihnen begegnen, stellt sie sich bildlich vor. Ein Grinsen huscht über ihr Gesicht.

Der nächste Gedanke, der ihr durch den Kopf geht ist:

Warum ist kein Kollege zur Bewachung der Kranken abgestellt worden?

Frau Hermann hat ihre Augen weit aufgerissen und stöhnt. Andrea betätigt die Klingel. Die Krankenschwester öffnet nach kurzer Zeit die Tür und starrt fassungslos auf die Szene.

„Warum haben Sie ihren Ehemann festgenommen? Er hat sich erkundigt, ob er sie mit nach Hause nehmen kann. Ich habe auf unsere Stationsärztin verwiesen. Sie trägt die Verantwortung."

„Rufen Sie bitte die Ärztin", die Anweisung kommt von Andrea.

Jetzt stellt sie beide vor.

„Kommissarin Hellier und das ist mein Kollege Holger Meiners."

„Ach Sie sind das, der vor einer Stunde angerufen hat."

Die Krankenschwester sieht Holger erinnernd an.

Kurze Zeit später klopft es an der Tür und die Kollegen stehen davor.

„Wir verhören ihn in zwei Stunden. Informierst Du bitte den Staatsanwalt."

Maik, der den Gefangenen mit seinem jungen Kollegen abholt, nickt Andrea zu und sagt mit tiefer Stimme:

„Zu Befehl!"

Andrea sieht ein verschmitztes Lächeln in seinem Gesicht und antwortet ihm:

„Tschüs, Maik, bis später."

Andrea wendet sich an Frau Hermann und fragt:

„Ist Herr Julius Dierk, der Bestatter, ihr Ehemann?"

Sie schüttelt den Kopf. Also hat er gelogen. Die Vernehmung kann ja heiter werden.

Die Ärztin hat den Raum noch nicht betreten. Vielleicht ist es ratsam, der Kranken ein paar Fragen zu stellen, bevor sie auftaucht und es ihnen untersagt.

Andrea dreht ihren Kopf zu Frau Hermann hin und fragt:

„Ihre Freundin hat Ihnen dreißigtausend Euro überwiesen. Wofür war der Betrag?"

Mit leiser Stimme antwortet sie:

„Sie hat das Darlehn zurückgezahlt. Ich hatte es ihr vor einigen Jahren für Küchengeräte geliehen."

Mit dieser Wendung hatten die beiden Polizeibeamten nicht gerechnet.

„Haben sie ihr die Summe bar gegeben?"

„Frau Hellier meinen Sie ich bewahre das Geld im Strumpf auf? Es gibt Banken!"

Oh, es geht ihr schon wieder besser. Sie wird dreist, stellt die Kommissarin fest.

„Ich habe eine Frage, dann lassen wir Sie in Ruhe genesen.

Andrea fragt:

„Hat Herr Dierk sie verletzt und in den Schuppen am Bootshaus gebracht?"

Frau Hermann schließt die Augen. Hoffentlich schläft sie jetzt nicht ein, schießt es Andrea durch den Kopf. Einen Moment kommt mit leiser Stimme ihre Antwort:

„Er ist der Täter! Sein Aftershave ist unverkennbar. Eben und als er mich von hinten niedergeschlagen hat, habe ich diesen Geruch wahrgenommen. Vorgestern war im Haus von Dorle Licht an und da habe ich versucht, die Person zu erkennen, die in der Küche an der Spüle stand. Die Lampe wurde ausgeschaltet und kurze Zeit später bekam ich einen Schlag ab. Wurde ins Auto verfrachtet, das nicht weit entfernt geparkt war. Er hat mir eine Spritze verpasst. Ich habe den Einstich bemerkt. An mehr erinnere ich mich nicht."

Sie dreht den Kopf zur Seite.

„Danke für ihre Information."

Die Krankenschwester hat vor der Befragung das Krankenzimmer verlassen, weil sie gerufen wurde. Ein Patient benötigt ihre Hilfe.

Es klopft und die Tür öffnet sich. Die Ärztin tritt ein.

„Ich bin informiert! Die Patientin braucht Ruhe! Wenn Sie weitere Fragen haben, melden Sie sich bitte morgen und erkundigen sich, ob Frau Hermann vernehmungsfähig ist!"

Energisch geht sie zu ihrer Patientin, die ihre Augen jetzt geschlossen hat.

Andrea schaut auf das Namensschild und verschiedet sich von ihr.

Ist sie mit Frau Derhusen verwandt oder sogar ihre Erbin?

Kapitel 79

Andrea greift zum Telefon, um Herrn Meyer-Roth anzurufen. An das wandelnde Lexikon hat sie eine Frage. Herr Google war nicht in der Lage ihr dazu eine passende Antwort zu geben. Sie wählt die Nummer. Keiner nimmt ab. Er und die Chefin sind mit Sicherheit unterwegs.

„Scheiße", kommt es leise über ihre Lippen.

„Andrea, der Ausdruck ist nicht salonfähig", Kollege Meyer steht in der Tür.

„Bertil, deine Ohren möchte ich haben!"

„Ja, die sind leider nicht abzugeben." Er lacht nach seiner Antwort, wird sofort wieder ernst, als er sie fragt:

„Sagen dir die geheimen Messenger und Chats wie Enro Chat und Sky ECC etwas?"

„Nein, nie davon gehört."

„Ja, mit Hilfe der dazugehörigen Handys haben wir die Drahtzieher der Drogenmafia, die sich in Braake/Aue breitmachen wollte, alle erwischt. Wir sind froh, dass meine Ermittlerkollegen, so umfangreich vernetzt sind, um dieses System geknackt zu haben. Allen, die wir festgenommen haben, wird der Prozess gemacht. Die Beweise reichen aus. Übrigens der Nachbar von Herrn Albert gehört dazu. Das Paket mit den Katalogen haben wir dort gefunden. "

„Gratulation!"

„Mein Anteil bei dieser Aktion ist bescheiden."

„Stell deine Fähigkeiten bitte nicht unter den Scheffel."

Bertil grinst und spricht weiter:

„Die „Groschenparty" war ein System, um die Drogen an Schüler zu verticken. Einfach perfide! Einen „Groschentoten" hat es hier zum Glück nicht gegeben. Ich glaube, dass Du oder Holger dazu recherchiert haben."

„Ja, das stimmt! Danke für die Information", antwortet sie ihm.

Das Telefon fängt an zu klingeln. Andrea greift zum Hörer, um ihn abzunehmen.

Bertil zeigt auf die Tür, winkt ihr zu und verlässt den Raum.

„Kommissarin Hellier", meldet sie sich.

„Hallo, brauchen Sie meine Hilfe? Wir haben ihre Nummer auf dem Display entdeckt."

„Herr Meyer-Roth, danke, dass Sie zurückrufen. Sie kennen sich sehr gut in Braake/Aue aus."

„Ja, das stimmt. Ich lebe schon lange hier."

„Was wissen Sie über die beiden Bestattungsunternehmen?"

„Mein Beileid! Das tut mir wirklich leid. Wer ist der Unglückliche?"

„Es ist keiner verstorben. Welches der Unternehmen empfehlen Sie im Todesfall? Wer bietet den besten Service?"

„Die effektivste Witwenbetreuung hat eindeutig das Bestattungsunternehmen von Julius Dierk", antwortet er ihr sofort. Andrea meint ein verstecktes Lachen in seiner Stimme erkannt zu haben.

„Aha!"

„Habe ich nur gehört, dass er bei den jungen Witwen oft vorbei schaut, um sie zu beraten oder so. Ja, die Bedürfnisse. Da kann ich als alter Mann nicht mitreden." Die Kommissarin hört interessiert zu und fragt weiter:

„War er mal verheiratet oder ist es immer noch?"

„Frau Hellier, was Sie so alles wissen wollen. Reicht Ihnen Herr Albert nicht mehr? Haben Sie Interesse an diesem Sonnyboy? Mein Rat - lassen Sie die Finger von ihm."

Ein Lachen bringt durch den Hörer.

„Herr Meyer-Roth, ihre Ideen möchte ich haben", antwortet sie ihm. Unterdrückt ihr Schmunzeln und hört weiter zu.

„Es ist im Prinzip nicht schlecht, wenn man mehrere Eisen im Feuer hat. Das hat Herr Dierk perfektioniert. Es hat mit Sicherheit zu seinem Reichtum beigetragen. Angezeigt hat ihn keine der trauernden Witwen. Er ist professionell, bei dem, was er macht."

„Danke für ihre Auskunft. Tschüs!"

„Immer gern zu Diensten", hört sie leise, kurz bevor das Gespräch beendet ist.

Mit dieser Antwort kann sie etwas anfangen. Die letzten Puzzleteile finden nach und nach ihren Platz.

Kapitel 80

Andrea dreht das Stück Papier in der Hand, das sie bei ihrer Freundin Simone auf dem Boden gefunden hat. Es passt zu ihren Ermittlungen. Der Bestatter Julius Dierk nimmt Frauen aus. Auf dem Blatt Papier ist die Werbung für sein Bestattungsunternehmen mit einem schwarzen Stift verändert worden in - Ja, es stimmt! Dein Geld ist weg!

Ein Mörder, Betrüger sitzt in Untersuchungshaft.

Nur er gesteht nicht. Er behauptet nach wie vor, dass Renate Hermann seine Frau ist und dass sie Dorle Derhusen erschlagen hat. Aus Eifersucht, weil er ihr etwas näher gekommen ist. Das Geld, hätte sie sich von ihrer Freundin geliehen, und wollte es nicht wieder hergeben, weil sie es nicht mehr hat. Sie ist spielsüchtig!

Auf Holgers Frage: „Herr Dierk, nennen Sie Ross und Reiter! Wo, wann und wie."

Ein Achselzucken von seiner Seite und dann die Antwort:

„Herr Kommissar, das ist doch ihre Aufgabe. Finden Sie es heraus."

Nach der Befragung bleibt er weiter in Untersuchungshaft.

Es klingt plausibel. Nur Holger und sie haben seinen Angriff auf Frau Hermann mit eigenen Augen gesehen.

Warum hat er bei der Krankenschwester behauptet, dass die Patientin seine Ehefrau ist?

Wer lügt?

Heute Morgen hat sie sich Akten angesehen, bei denen es um Heiratsschwindel ging. Es liegt keine Anzeige gegen ihn vor. Das will nichts heißen. Sehr viele Frauen, die betrogen worden, schämen sich im stillen Kämmerlein.

Wo bekommen wir heraus, ob er verheiratet ist und mit wem? Ob ich es beim hiesigen Standesamt versuche?

Kaum hat Andrea den Gedanken zu Ende überlegt, da greift sie schon zum Hörer und wählt die Nummer.

„Guten Tag, Rathaus/Braake, Auermann", tönt es aus dem Hörer."

Andrea stutzt. Sie kennt diese Frau. Es ist die Kollegin von Tini, dem Frosch, der mit bürgerlichem Namen Alexander P. Ernst heißt.

„Polizei Braake/Aue, Hellier,"

„Hallo Frau Kommissarin, Sie möchten gewiss gerne meinen Kollegen Ernst sprechen. Da muss ich Sie leider enttäuschen. Er ist außer Haus. Kann ich Ihnen weiterhelfen?"

„Gerne. Ich benötige eine Auskunft aus dem Eheregister."

„Das geht telefonisch leider nicht. Kommen Sie vorbei und dann gewähren wir Ihnen den gewünschten Einblick."

Nachdem Andrea sich verabschiedet hat, legt sie den Hörer auf.

Ihr nächster Weg führt zum Rathaus, beschließt sie. Daraus wird leider nichts, da ihr Kollege Holger das Zimmer betritt. Er winkt mit einem Schriftstück.

„Auf, Andrea, wir sehen uns das Haus und Grundstück, von unserem Täter Julius Dierk näher an."

„Gute Idee, Holger, und später fahren wir ins Rathaus. Mich interessiert das Eheregister."

„Andrea, Du bist unglaublich. Willst Du ernsthaft nachsehen, ob dein Freund verheiratet ist?"

Sie fängt an zu lachen und antwortet:

„Was Du so denkst. Nein, die unterschiedlichen Aussagen von Julius Dierk und Renate Hermann möchte ich überprüfen."

„Ach so!"

Beide verlassen das Polizeigebäude und fahren zum Haus von Julius Dierk. Da er bei der Festnahme seinen Haustürschlüssel dabei hatte, betreten sie das Gebäude über die Eingangstür. Sie ziehen ihre Handschuhe an und beginnen mit der Durchsuchung. Im Badezimmer finden sie Medikamente. Vorsichtshalber stecken sie diese in einen Asservatenbeutel. Der Laptop steht im sparsam möblierten Büro auf dem dunklen

Schreibtisch am Fenster. Ein passender massiver Lehnstuhl davor. Im Kontrast dazu die beigen Aktenschränke, an der braunen Wand. Winzige Partikel bewegen sich in dem hellen Licht, das durch das Fenster einfällt.

„Mal sehen, ob wir den Laptop gestartet bekommen?"

„Traust Du es dir zu, Holger?"

„Klar, ich bin ein Mann und weiß, wie Männer ticken."

Andrea sieht ihn bei der Antwort an, und bemerkt sein verschmitztes Lächeln.

Mit sicherem Instinkt findet er einen Zettel mit Zahlen.

Der erste Versuch scheitert. Holger flucht: „Scheiße entschlüpft seinem Mund."

Ich lass die Fachkollegen ran, wenn es jetzt misslingt.

Andrea ist mittlerweile hinter ihn getreten und schaut auf den Zettel, der unter der Schreibtischunterlage lag.

„Die Vorwahl von Hamburg hast Du doch weggelassen, Holger?"

„Klar, die ist nur Täuschung!"

Andreas Blick wird festgesaugt von der einen Nummer. Das ist nicht der Zugangscode! Da ist sie sich sicher.

Stopp, Holger!

Sie greift zum Handy und wählt die Nummer. Es ist

auf laut gestellt, sodass ihr Kollege mithören kann."
Der Anruf wird angenommen.
Eine männliche Stimme meldet sich mit: ...

Kapitel 81

Damit hat Julius Dierk nicht gerechnet. Die Kommissare haben ihn mit ihren Beweisen überrascht.

Sie haben herausbekommen, dass er Gelder am Finanzamt vorbei transferiert hat. Dabei war er in Geldsachen so vorsichtig. Woher es stammt, haben sie ihm schwarz auf weiß bewiesen.

Sein Schweigen bzw. verneinen zu Tatsachen, hat ihm nichts genützt.

Seine Taktik ist nicht aufgegangen. War er zu gierig? Ja, diese Frage muss er sich selber stellen. Jammern nützt nichts.

Er benötigt einen exzellenten Anwalt, der ihn zu einem Freispruch verhilft. Nur wo bekommt er den her? Wer hilft ihm? Er zermartert sich seinen Kopf. Ein Schmerz durchzuckt ihn.

Das ist der Fluch, den Dorle ausgesprochen hatte, als er sie unter Druck setzte. Sie hat ihn laut gesagt, damit er die Wörter hört. Das hat sie bewusst getan. Sie will, dass der Fluch ihn verfolgt.

Diese Schlampe gehorchte ihm nicht mehr. Eine gemeinsame Zukunft stellte sie infrage. Woher hatte sie die Kraft für eine eigene Meinung?

Daran war nur ihre Freundin schuld, diese Renate, da ist er sich sicher. Sie wollte sich an ihm rächen. Er hatte sie vor vielen Jahren verführt – sie war Jungfrau - und dann gelinkt.

Aber das ist schon lange her. Das sie ihn in Dorles Haus erwischt hat - Pech für sie. Leider ist sie nicht gestorben. Diese Polizisten kamen zu früh.

Oh, er wird wieder zur Befragung abgeholt.

Kapitel 82

Die Sonne scheint schon am frühen Samstagmorgen. Es ist angenehm auf Andreas Terrasse.

Simon hat Brötchen geholt und sie hat in der Zwischenzeit den Tisch gedeckt und Kaffee gekocht. Die Zeit reichte für Rühreier, die jetzt warm und duftend darauf warten gegessen zu werden. Der Kaffeeduft umfängt die beiden. Der erste Schluck läuft heiß die Kehle runter. Ein Genuss! Jetzt einen Biss in das Brötchen mit Honig. Ein perfekter Tag nimmt seinen Anfang.

Ihr Blick fällt auf den Blumenstrauß, den Simon ihr gestern mitgebracht hat. Der passt von den Farben zu dem Geschirr und der Tischdecke.

Ja, der andere Strauß, mit der beiliegenden Karte „**DANKE**" ist mittlerweile entsorgt. Emil Meyer hat ihn ihr geschickt, als Dankeschön für ihre Hilfe.

Ein liebevoller Blick von Simon erreicht sie. Ja, er liebt sie genauso, wie sie ihn, das spürt sie. Nach dem Trubel der letzten Wochen haben sie sich einen Urlaub verdient.

Simon greift zum Lokalblatt „Aue News" und fängt an zu lesen. Der Artikel: Was uns so auffällt, hat es ihm angetan.

Die Säuberungsaktion in Braake/ Aue hat begonnen. Angefangen mit dem Abfall, der immer an den Mülltonnen und Papierkörben liegt, sowie mit der Entfernung von Personen, die der Menschheit nicht guttun. Sprich, Drogen an Jugendliche verticken. Perfide Methoden waren da im Spiel. Dank unseren aufmerksamen Mitbewohner und der Polizei ist diese Säuberungsaktion beendet.

Nachdem Simon Andrea den Zeitungsartikel vorgelesen hat, meint er:

„Euer spektakulärer Erfolg steht nicht in dieser Ausgabe."

„Das stimmt, Simon. Den Artikel liest Du am Mittwoch. Heute nehmen die Todesanzeigen die meisten Seiten in diesem Blättchen ein."

Simon liest weiter und ihre Gedanken schweifen ab zu ihrem Fall.

Ja, der ist gelöst. Der Bestatter Julius Dierk hat zum Schluss gestanden, dass er Dorle aus Habgier umgebracht hat. Sie wollte von ihm das geliehene Geld wiederhaben und außerdem keinen Kredit auf ihr Haus aufnehmen. Er war ein Heiratsschwindler, der immer wieder Frauen um ein Vermögen gebracht hat. Keine dieser Betrogenen hat ihn in der Vergangenheit angezeigt. Sie haben es aus Schamgefühl nicht getan. Das Geld hat er über eine Hamburger Bank im Ausland transferiert und dort angelegt. Durch den Zettel unter der Schreibtischunterlage sind sie auf dieses Institut gekommen und haben dort weiter recherchiert. Mit dem Ergebnis, dass die mit seinen Liebesschwüren überhäuften Geliebten, ihn ihr Geld immer in bar gaben.

Seine letzte betrogene Frau, Dorle Derhusen, bezahlte mit ihrem Leben.

Voller Wut schrie er bei der Befragung:

„Diese Schlampe wollte die Schuldscheine nicht herausgeben. Sie hat mich so gereizt, dass ich ausgeholt habe."

Ja, danach hat er sie in der Küche liegen gelassen, und sie ist verstorben.

Er wägte sich in Sicherheit, als wir ihren Mitbewohner und Angestellten verhaftet haben. Er hat sogar frohlockt. Jetzt konnte er in Ruhe nach den Schuldscheinen suchen. Er war sich sicher, dass die Polizei, diese nicht gefunden hatte, sonst hätten sie ihn früher befragt.

Abends hat er im Haus danach gesucht und ist von Renate Hermann überrascht worden. Sie hatte von früher eine Rechnung mit ihm offen.

„Als sie mich im Haus entdeckt hat, wollte sie die Polizei rufen. Das habe ich verhindert. Diese Frau hat ein Mundwerk. Unglaublich! In sie war ich in unserer Jugend verliebt und habe sie geheiratet."

Andreas Erinnerung geht bis zu diesem Punkt des Verhörs zurück.

Holger und sie hatten sich erstaunt angesehen. Ihre Recherchen hatten keine Eheschließung zwischen ihnen ergeben.

„Geheiratet?", hatte sie gefragt.

„Ist nicht anerkannt worden, weil der Schipper keine Berechtigung dafür hatte. Das hat Renate zu spät gemerkt, da hatte ich mich schon längs mit ihr vergnügt. Kein Vergnügen, das kann ich ihnen versichern."

Der war früher schon ein Betrüger!, stellt sie erneut in ihren Gedanken fest.

Simon hat mittlerweile seine Zeitung zu Ende gelesen und meint:

„Was hältst Du davon, eine Runde spazieren zu gehen."

„Gerne", antwortet Andrea ihm und gibt Simon einen dicken Kuss, bevor er zum Tablett greift und den Tisch abdeckt.

„Ich geh ins Badezimmer", teilt sie ihm mit und verschwindet.

Kurze Zeit später verlassen sie das Haus und landen bei ihrem Spaziergang in der Stadt.

„Heute ist Markt! Wollen wir später rüber gehen, um Erdbeeren zu kaufen?", fragt Andrea.

„Gerne!", nach der Antwort nimmt ihr Freund sie kurz in den Arm. Sie schmiegt sich an ihn. Ein Glücksgefühl durchströmt sie.

Ein junges Pärchen kommt ihnen entgegen. Beide lecken ein Eis.

„Hm, ein Eis passt bei mir noch rein, obwohl unser Frühstück üppig war", sie lächelt ihren Freund liebevoll nach ihrer Feststellung an.

„Hallo, Frau Kommissarin", begrüßt der junge Mann sie.

Er bleibt mit der Kellnerin aus der Eisdiele vor ihr stehen.

„Guten Tag, Herr Leismann."

Vor ihr steht der Akrobat, der wegen Mordverdacht in Untersuchungshaft gesessen hatte. Zum Glück war nicht er der Täter, trotz alle Beweise gegen ihn sprachen.

„Danke, dass Sie den wahren Mörder gefunden haben."

Er zieht die junge Frau, die neben ihm steht, an sich. Sie lächelt ihn total verliebt an.

„Gern geschehen. Das war ich nicht allein. Mein Team ist ebenfalls beteiligt. Die Spurensicherung hat herausbekommen, dass die rote Farbe, die wir bei dem Täter an seinem Hoodie gefunden haben, und an ihrer Kleidung identisch waren. Gut, dass Sie die Kleidungsstücke, die sie bei der Vorführung im Schlosspark getragen haben, nicht von Ihnen entsorgt wurden. Aber das wissen Sie ja bereits."

„Nochmals vielen Dank für das Ermittlungsergebnis."

Die junge Kellnerin schüttelt ihre lockigen schwarzen Haare:

„Ich hatte meinen Cousin in Verdacht, das er den roten Farbbeutel geworfen hat. Der ist zu eifersüchtig. Wie gut, dass er abgereist ist und jetzt in Berlin bei meinem anderen Onkel arbeitet. Sonst hätte er dich weiter drangsaliert."

„Sie erhalten demnächst eine Einladung von mir", sagt Marco Leismann und lächelt dabei verträumt.

Andrea und ihr Freund sehen ihn erstaunt an. Jetzt grinst der junge Mann in sich hinein, weil er genau erahnt, was sie vermuten.

Da liegen sie falsch. So weit ist ihre Liebe noch nicht gediehen. Er eröffnet sein Ballett - Tanz - Akrobatikstudio in Hamburg.

Die vier verabschieden sich von einander und gehen ihrer Wege.

Simon steuert auf die Eisdiele zu, und setzt sich an einen freien Tisch unter dem Baum. Die Sonne wirft ihr Blättermuster darauf.

Der junge Kellner kommt zu ihnen und fragt nach ihren Wünschen:

„Wollen wir den Braake/Aue Becher nehmen?"

Simon zeigt auf die Abbildung. Andrea nickt.

Er bestellt das Gewünschte und einen Espresso dazu.

Kurze Zeit später essen beide genussvoll ihren leckeren fruchtigen Eisbecher, als sie wieder unterbrochen werden.

Heute ist halb Braake/Aue unterwegs. Es fehlt nur Herr Meyer-Roth zu meinem Glück, denkt Andrea.

Vor ihr stehen die drei Musketiere, Kevin, Leon und Franz.

„Guten Tag, Frau Kommissarin, wir wollen uns mit Ihnen und Herrn Meiners verabreden. Passt Ihnen Freitag um 18 Uhr."

Kevin, der ihr den Vorschlag gemacht, strahlt sie an.

„Gerne, ich freue mich auf das Cocktailwürfeln. Ihr ward uns eine große Hilfe."

„Ja, der Gustav, der uns für den Job angeheuert hat, der ist hinter Schloss und Riegel haben wir gehört."

„Wer hat euch das erzählt?", Andrea sieht ihn fragend an.

„Wir haben so unsere Quellen", kommt es aus dem Mund von Leon.

„So, so!"

„Möchtet ihr ein Eis?"

„Gerne, Herr Albert", freut Franz sich.

Simon gibt ihm einen zwanzig Euroschein.

„Danke!" Die drei Jungs strahlen ihn an.

Kurze Zeit später kommt Kevin mit seiner Eiswaffel in der Hand zu ihnen an den Tisch.

„Übrigens der Mann, der das HB-Männchen geklaut hat, ist mit Sack und Pack abgehauen. Braake/ Aue war bestimmt für ihn ein zu heißes Pflaster."

Danke:

Norbert, weil du mit Geduld und Sachverstand mein Buchprojekt begleitet hast.

Meiner Korrektorin und meinem Lektor für eure Hilfe bei diesem Wohlfühlkrimi.

Allen lieben Menschen, die meine Fragen geduldig beantwortet und mir Mut gemacht haben.